O MÉDICO E O MONSTRO

O estranho caso de Dr. Jekyll e Sr. Hyde

Tradução e adaptação

WALCYR CARRASCO

O MÉDICO E O MONSTRO
O estranho caso de Dr. Jekyll e Sr. Hyde

ROBERT LOUIS STEVENSON

1ª edição
São Paulo

Ilustrações
WEBERSON SANTIAGO

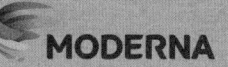
MODERNA

© WALCYR CARRASCO, 2017

COORDENAÇÃO EDITORIAL	Maristela Petrili de Almeida Leite
EDIÇÃO DE TEXTO	Marília Mendes
COORDENAÇÃO DE EDIÇÃO DE ARTE	Camila Fiorenza
DIAGRAMAÇÃO	Michele Figueredo
ILUSTRAÇÕES DE CAPA E MIOLO	Weberson Santiago
COORDENAÇÃO DE PESQUISA ICONOGRÁFICA	Luciano Baneza
PESQUISA ICONOGRÁFICA	Cristina Mota e Tempo Composto
COORDENAÇÃO DE REVISÃO	Elaine Cristina del Nero
REVISÃO	Andrea Ortiz
COORDENAÇÃO DE *BUREAU*	Rubens M. Rodrigues
TRATAMENTO DE IMAGENS	Denise feitoza Maciel
PRÉ-IMPRESSÃO	Alexandre Petreca
COORDENAÇÃO DE PRODUÇÃO INDUSTRIAL	Andrea Quintas dos Santos
IMPRESSÃO E ACABAMENTO	A.S. Pereira Gráfica e Editora EIRELI - Lote: 789501 - Código: 12108106

A TRADUÇÃO E A ADAPTAÇÃO BASEADAS EM:
DR. JEKYLL AND MR. HYDE - THE MERRY MEN AND
OTHER STORIES DE R. L. STEVENSON
WORDSWORTH CLASSICS EDITIONS LIMITED, 1993.

Dados Internacionais de Catalogação na Publicação (CIP)
(Câmara Brasileira do Livro, SP, Brasil)

Carrasco, Walcyr
    O médico e o monstro : o estranho caso de Dr. Jekyll e
Sr. Hyde / Robert Louis Stevenson ; tradução e adaptação Walcyr
Carrasco ; ilustrações Weberson Santiago. — 1. ed.
— São Paulo : Moderna, 2017. — (Série clássicos universais)

Título original: *The strange case of Dr. Jekyll and Mr. Hyde.*

ISBN 978-85-16-10810-6

    1. Ficção fantástica 2. Ficção - Literatura infantojuvenil
I. Stevenson, Robert Louis, 1850-1894. II. Santiago, Weberson.
III. Título. IV. Série.

17-05450   CDD-028.5

DE ACORDO COM AS NOVAS NORMAS ORTOGRÁFICAS

Índices para catálogo sistemático:
1. Teatro: Literatura infantil   028.5
2. Teatro: Literatura infantojuvenil   028.5

EDITORA MODERNA LTDA.
Rua Padre Adelino, 758 - Quarta Parada
São Paulo - SP - Brasil - CEP 03303-904
Vendas e atendimento: Tel. (11) 2790-1300
www.moderna.com.br
2024
Impresso no Brasil

Sumário

UM MÉDICO, UM MONSTRO E UM *BEST-SELLER*

Marisa Lajolo

Tudo começou há mais de um século

Foi no ano de 1886 que os ingleses se encantaram com a história que lhes contava Robert Louis Stevenson: chegava a eles a primeira edição do romance que você tem agora em mãos. O nome do livro era *Strange Case of Dr. Jekyll and Mr. Hyde* e, na capa, as letras que escreviam o título eram de diferentes tipos, diferentes tamanhos, e todas muito maiores do que as letras que escreviam o nome do autor.

E o livro custava barato.

Alguns anos antes, o escritor havia lançado *Treasure island* (*A Ilha do tesouro*). Essa obra tinha, primeiro, chegado aos leitores em capítulos semanais, assinados com o pseudônimo *Captain George North*. Estratagema bom para um livro cheio de navios, ilhas, piratas e tesouros. O público adorou e a publicação posterior da história, em livro e já com o nome verdadeiro do autor, vendeu muito bem.

Ou seja, o livro de 1886, o original deste que você está lendo, chegou ao mercado precedido da boa fama de seu autor, que sabia muito bem como seduzir leitores. *Strange Case of Dr. Jekyll and Mr. Hyde* parece ser fruto de uma experiência muito interessante. Não se sabe se verdadeira, mas com certeza interessante: Stevenson contava que costumava ter pesadelos terríveis e que foi a partir deles que inventou uma primeira versão da história. Escreveu-a em três dias, mostrou-a para a esposa — Fanny Osbourne — e ela achou que podia ser melhorada. Stevenson concordou: queimou a primeira versão e em poucos dias reescreveu a história que ganhou a forma do livro com que Walcyr Carrasco nos presenteia neste volume.

Belo presente esta adaptação tão bem-feita!

E o que teria transformado a fina brochura lançada em janeiro de 1886 em um sucesso tão grande que teria vendido quarenta mil cópias nos primeiros seis meses?

Um pouco depois, o sucesso do livro na — digamos — sua terra natal (Stevenson nasceu na Escócia, parte do Reino Unido) — editores de outros países apostaram que seus compatriotas também gostariam da história. E a aposta deu certo! O livro ganhou muitas traduções. Talvez a razão do sucesso desta *exportação* da história seja a mesma que muito cedo levou os protagonistas Jekyll e Hyde para palcos de teatro, ondas de rádio, telas de cinema, televisão, e — agora — para *games*!

Stevenson foi, com certeza, um mestre.

Foi, não: *é* um mestre.

Um mestre até hoje capaz de nos fazer devorar o livro para descobrirmos o mistério que se esconde por detrás da porta de uma casa com a qual o leitor se depara já no primeiro capítulo. Fisgados, passamos o resto do livro acompanhando o advogado Utterson, o Dr. Lanyon, o mordomo Poole e algumas outras personagens, todas envolvidas na misteriosa relação que aproxima um respeitável médico e um monstruoso ser humano. Parece que as personagens — como nós leitores — ficam ansiosas pelo desenlace.

Uma história que arrebata

Histórias que arrebatam são aquelas em que o leitor mergulha de cabeça. Como esta que Walcyr reconta. E que reconta com tanta competência e cuidado que encontramos, em nossa língua, a mesma coloquialidade da língua do original.

O cenário da história contribui decisivamente para o clima de mistério em que o leitor fica mergulhado desde que abre o livro. Tudo se passa numa Londres quase sempre recoberta por nevoeiros espessos, nas altas horas de noites de lua pálida, de luminosidade fraca por detrás de janelas empoeiradas. Quase sempre faz frio e quase sempre as ruas estão desertas e silenciosas.

Moldura perfeita para personagens que ficam de olhos esbugalhados, com rostos transfigurados, calafrios e suores na testa.

Este é o clima em que se passa a história de um médico gentil e atencioso (o Dr. Henry Jekyll) e de uma criatura muito cruel (Mr. Edward Hyde). E este é o clima em que mergulha o leitor, também ele — às vezes — arrepiado de medo como algumas personagens!

Os dez capítulos têm títulos sugestivos. Geralmente curtos, capítulos e frases tornam o ritmo de leitura acelerado, e prometem desenlace rápido. Desenlace rápido que — como em todos os bons romances —, apesar de prometido, é sucessivamente adiado. Um jantar com amigos, uma conversa inesperada, um encontro fortuito adia, às vezes por poucas ou por muitas páginas, o esperado final da história.

Mas parece que leitores gostam da demora.

Gostam, talvez porque este procedimento prolonga a experiência de afastamento do seu (ou seja, dos leitores) *aqui* e *agora* e intensifica o mergulho na imaginação e na fantasia. Ou talvez porque o encompridamento da história aumenta as chances de quem lê tornar-se parceiro do autor, enfrentando novos enigmas a serem decifrados, novas lacunas a serem preenchidas.

Leitores é que sabem...

Mas o procedimento é comum a todos os grandes romances e *best sellers*.

Um primeiro mistério

Afinal, que relação pode existir entre um médico gentil e uma pessoa monstruosa?

Este é o mistério maior do livro.

Ninguém sabe o que une as figuras que dão nome ao livro. Nem a personagem que acompanhamos da primeira à última página, o advogado Utterson, sabe. Em seus encontros com Jekyll e com Hyde ele se esforça para encontrar pistas. E efetivamente as encontra, e tenta interpretá-las. Mas é de forma totalmente inesperada que o mistério se esclarece.

Forma inesperada para as personagens e para os leitores...

O livro foi escrito no final do século XIX, época em que a ciência teve grandes avanços, criando ao mesmo tempo expectativas otimistas e temores. *Será encontrada a cura para todas as doenças? Será mesmo que as formas de vida evoluem, como propôs Charles Darwin?*

A figura de um médico como um dos protagonistas da história, a menção a farmacêuticos e a laboratórios marcam bem o pertencimento do livro a seu tempo. Pode-se dizer que *O estranho caso do Dr. Jekyll e Mr. Hyde* constitui uma precoce manifestação do que hoje chamamos *ficção científica.*

Também marca de seu tempo é o quadro social que o livro pinta. Na história — quase sem personagens femininas —, patrões ficam de um lado e empregados de outro, sugerindo classes sociais completamente distanciadas. É apenas no final da história que se estabelece uma aliança — provisória e passageira, no entanto — entre patrões e empregados, sendo, inclusive, por iniciativa de um deles que se encaminha o desenlace.

O mais de um século que nos separa do lançamento do livro de Stevenson pode nos fazer imaginar que a história do Dr. Jekyll está ultrapassada. Que a ciência de que se ocupa o livro é anacrônica. Mas, se pensarmos no papel que drogas desempenham no livro e na presença delas em nosso mundo de hoje, talvez mudemos de ideia.

Talvez a questão das drogas — no romance e na nossa vida — nos sugira que grandes romances atravessam séculos e fronteiras e continuam falando com homens e mulheres de todos os tempos.

Será?

Chega! Mais um pouco e esta apresentação vira *spoiler*...

Um segundo mistério

Se a relação entre um médico e uma criatura monstruosa articula-se bem ao cientificismo de finais do século XIX e propõe questões relevantes para nossos dias, a história que Stevenson inventa tem também sugerido a alguns leitores questões éticas.

Questões éticas da maior relevância, como bem aponta o texto com que Walcyr comenta a obra.

E, já que se tata de ética, passo a palavra a um poeta, nosso Olavo Bilac.

Num poema publicado em 1919 (no livro póstumo *Tarde*), anterior portanto a traduções de Stevenson para nossa língua, o poeta carioca propõe uma questão que parece articular-se muito bem à história do Dr. Jekyll e Mr. Hyde.

Não transcrevo o título do poema, pois poderia constituir outro *spoiler*. E nada pior para o fecho de uma apresentação do que estragar o suspense de um belo romance como este.

Que sejam, pois, os versos de Bilac — dos quais, como já disse, omito o título — encerramento deste texto:

Não és bom, nem és mau: és triste e humano...
Vives ansiando, em maldições e preces,
Como se, a arder, no coração tivesses
O tumulto e o clamor de um largo oceano.

Pobre, no bem como no mal, padeces;
E, rolando num vórtice vesano,
Oscilas entre a crença e o desengano,
Entre esperanças e desinteresses.

Capaz de horrores e de ações sublimes,
Não ficas das virtudes satisfeito,
Nem te arrependes, infeliz, dos crimes:

E no perpétuo ideal que te devora,
Residem juntamente no teu peito
Um demônio que ruge e um deus que chora.[1]

[1] http://www.literatura brasileira.ufsc.br/_ documents/0006-01389. html#Dualismo (acesso em: 21 jun 2017).

Linha do tempo
O *médico e o monstro*, de Robert Louis Stevenson

Marisa Lajolo
Luciana Ribeiro

1850	Nascimento de Robert Lewis Balfour Stevenson, em Edimburgo, Escócia.
1871/1872	Stevenson escreve para o jornal universitário, o *Edinburgh University Magazine*.
1878	Publicação de *Uma Viagem pelo interior*.
1879	Publicação de *Viagens com um burro nas Cervennes*.
1880	Stevenson se casa com Fanny Osbourne.
1882/1883	Publicação de *A ilha do tesouro*.
1884/1887	Publicação de *Raptado*.
1885	Publicação de *O Jardim Poético da Infância*.
1886	Publicação de *Strange case of Dr. Jekyll and Mr. Hyde* — *O médico e o monstro*.
1887	Publicação de *The Merry Men and Other Tales and Fables*.
	Em entrevista ao jornal *The New York Herald*, de 8 de novembro, Stevenson afirma que o argumento para escrever *O médico e o monstro* veio-lhe em sonho.
1894	Publicação de *No vazio da onda: Trio e Quarteto*.
1894	Morte de Robert Louis Stevenson, em Samoa, Pacífico Sul, enquanto escrevia *Weir of Hermiston*.

1897	Estreia em Londres provavelmente a primeira adaptação teatral da obra *O médico e o monstro*.
1908	Versão cinematográfica de *O médico e o monstro* produzida por Willian Selig e dirigida por Otis Turner.
1913	Em 6 de maio, estreia, nos Estados Unidos, o filme *O médico e o monstro: Dr. Jekyll and Mr. Hyde*, com direção de Herbert Brenon.
1920	O jornal *Gazeta de Notícias* do Rio de Janeiro anuncia, em 12 de novembro, a estreia do filme *O médico e o monstro* no cinema brasileiro: "*O médico e o monstro* é film sensacional que o cinema Central está annunciando para brevemente. (...) vai certamente conquistar um ruidoso successo no cartaz do Central".
	Lançamento, nos Estados Unidos, do filme *O Médico e o Monstro*, com direção de John S. Robertson e atuações de John Barrymore, Martha Mansfield e Brandon Hurst. Título Original: *Dr. Jekyll and Mr. Hyde*.
1927	Na edição do dia 8 de junho, o jornal *Gazeta de Notícias* (RJ) anuncia a exibição do filme *O médico e o monstro* no Capitólio. Na parte inferior do anúncio consta os seguintes dizeres: "Um super-film da 'Paramount', dado em 'reprise', a pedido dos amadores do cinema".
1931	Primeira versão sonora de *O médico e o monstro*, de Rouben Mamoulian. Elenco: Fredric March, Miriam Hopkins, Rose Hobart.
1932	Fredric March ganha o Oscar de melhor ator por sua atuação em *Dr. Jekyll and Mr. Hyde*.
1933	Editora Livraria Minerva, de Portugal, publica *O médico e o monstro — Dr. Jekyll e Mr. Hyde*, traduzido por A. Victor Machado, provavelmente a primeira tradução em língua portuguesa.

1941	Em 11 de setembro, o jornal *Gazeta de Notícias* (RJ) anuncia, na página 13, a apresentação da peça intitulada *O médico e o monstro*, de Berliet Júnior, que havia sido escrita especialmente para comemorar o aniversário da direção artística de César Ladeira na PRA — 9.
	Versão cinematográfica de *O médico e o monstro*, dirigida por Victor Fleming, com Spencer Tracy, Lana Turner e Ingrid Bergman.
1950	Editora Tecnoprint Gráfica publica *O médico e o monstro*, na Série *Terror*, com tradução de Humberto Pires. Provavelmente foi publicada entre os anos 1950 e 1960, e pode ser considerada a primeira tradução brasileira da obra.
1951	*Gazeta de Notícias* (RJ) anuncia, na edição de 13 de maio, página 7, que Urbano Lóes irá interpretar *O médico e o monstro* no Teatro pelos Ares, criado por Plácido Ferreira. Informa, ainda, que a apresentação contará com uma vibrante radiofonização de Alziro Zarur, para os ouvintes da Rádio Mayrink Veiga.
	Lançamento do filme *Herança Maldita*, com direção de Seymour Friedman. Título original: *The Son of Dr. Jekyll*.
1953	Em 22 de maio, o jornal *Gazeta de Notícias* (RJ) publica, na coluna *Letras inglesas*, matéria sobre Robert Louis Stevenson, intitulada "Voyage to Windward" - "The Life of Robert Louis Stevenson", by S. C. Furnas Faber and Faber.
	Gazeta de Notícias (RJ) publica, em 22 de outubro, página 3, a charge *Pra seu govêrno — O médico e o Monstro*, assinada por Michel Simão.
1955	A Warner Bros lança o desenho animado *O coelho e o monstro*, baseado no livro *O médico e o monstro*, dirigido por Friz Freleng.
1957	Lançamento do filme *A Filha do Médico e o Monstro*, com direção de Edgar G. Ulmer. Título original: *Daughter of Dr. Jekyll*.

1960	Lançamento, na Inglaterra, do filme *Monstro de Duas Caras*, com direção de Terence Fisher. Título original: *The Two Faces of Dr. Jekyll*.
	Lançamento da película, produzida na Itália, *O meu amigo Dr. Jekyll*, com direção de Marino Girolami.
1963	Lançamento da comédia *O professor Aloprado*, de Jerry Lewis, inspirada na obra de Stevenson.
1964	Estreia na Espanha *Amantes do Dr. Jekyll*, com direção de Jesús Franco.
1968	*O estranho caso do Dr. Jekyll e Mr. Hyde* é adaptado para a TV canadense, com direção de Charles Jarrott e atuações de Jack Palance, Denholm Elliott e Leo Genn.
1971	Estreia do filme inglês *O Médico e a Irmã Monstro*, com direção de Roy Ward Baker.
1972	TV Globo apresenta o caso especial *O médico e o monstro*, com Sérgio Cardoso no papel principal.
	Lançamento do filme espanhol *Dr. Jekyll e o Lobisomem*, com direção de León Klimovsky.
1973	Adaptação de *O médico e o monstro* para a TV inglesa, com direção de David Winters e atuações de Kirk Douglas, Susan George, Susan Hampshire.
1980	Os trapalhões lançam *O incrível monstro trapalhão*, com direção de Adriano Stuart.
1981	Estreia a película indiana *Chehre Pe Chehra* (*O médico e o monstro*), com direção de Raj Tilak.
1989	Editora FTD publica a obra *O médico e o monstro*, com tradução e adaptação de Lígia Cadermatori. O livro recebeu o prêmio FNLIJ como tradução altamente recomendável.

1990	Publicação do livro *Mary Reilly*, de Valerie Martin, cujo enredo revisita a obra *O médico e o monstro*.
1995	Lançamento do filme americano *Dr. Jekyll — O Médico, A Mulher e o Monstro*, dirigido por David Price.
1996	Lançamento do filme *O segredo de Mary Reilly*, de Stephen Frears e atuações de Julia Roberts e John Malkovich. Filme baseado no livro Mary Reilly, de Valerie Martin.
1998	Editora Companhia das Letrinhas publica a versão destinada ao público infantojuvenil da obra *O médico e o monstro*, com tradução de Hildegard Feist, a partir da adaptação de Michael Lawrence.
2001	Ediouro publica coletânea com três obras de terror, entre elas *O médico e o monstro*, com tradução de Adriana Lisboa e introdução de Stephen King.
2002	Editora LP&M publica *O médico e o monstro: Dr. Jekyll e Mr. Hyde*, na Coleção LP&M Pocket, com tradução de José Paulo Golob, Maria Ângela Aguiar e Roberta Sartori.
2006	A banda Resgate lança a música *O médico e o monstro*, faixa do álbum *Até eu envelhecer*.
	Harper Collins Publishers publica *Myself and the Other Fellow: A Life of Robert Lewis Stevenson*, biografia sobre Robert Stevenson, escrita por Claire Harman.
2007	BBC lança *Jekyll*, série escrita por Steven Moffat e produzida pela Hartswood Films e Stagescreen Productions para a BBC One.
2010	Estreia o musical *O médico e o monstro*, no teatro Bradesco, em São Paulo, com direção do americano Fred Hanson.

2010	Lançamento da obra *O médico e o monstro* em quadrinhos, pela editora Companhia Nacional (Coleção Quadrinhos Nacional).
2013	A revista americana *The Strand* publica o ensaio *Books and Reading. Nº 2. How books have to be written.* Segundo o editor da revista, Andrew Gulli, o texto publicado parece corresponder a uma parte de um trabalho maior escrito por Stevenson, cuja primeira parte foi leiloada em 1914.
	Estreia o musical *O médico e o monstro*, com direção de Cesar Augusto, no Teatro Café Pequeno, Leblon.
2015	ITV lança a 1ª temporada (com 10 episódios) da série britânica *Jekyll & Hyde*, criada por Charlie Higson.
2016	Em comemoração aos 130 anos de *O médico e o monstro*, Editora Record lança *e-book*.
	Editora Record lança título *Hyde*, uma releitura da obra de Stevenson, feita por Daniel Levine e traduzida por Ana Júlia Perrotti-Garcia, também disponível em *e-book*.
2017	Em abril, o Centro Cultural Banco do Brasil (Rio de Janeiro) apresenta uma adaptação, em forma de monólogo, escrita pelo dramaturgo Rodrigo de Roure, da obra *O médico e o monstro*. Direção de Ana Kfouri e atuação de Orã Figueiredo.

Referências:

• http://www.lpm.com.br/site/default.asp?TroncoID=805134&SecaoID= 948848&SubsecaoID=0&Template=../livros/layout_autor.asp&AutorID=064809. Acesso em 5 de maio de 2017.

• http://cienciaecultura.bvs.br/scielo.php?pid=S0009-67252005000400032&script= sci_arttext. Acesso em 5 de maio de 2017.

• http://www.revistas.usp.br/tradterm/article/view/59357/62590. Acesso em 5 de maio de 2017.

• http://oglobo.globo.com/cultura/o-medico-o-monstro-ganha-musical-7245620. Acesso em 5 de maio de 2017.

• http://cultura.estadao.com.br/noticias/geral,estreia-amanha-musical-o-medico-e-o-monstro-em-sp,578324. Acesso em 5 de maio de 2017.

• https://en.wikipedia.org/wiki/Mary_Reilly_(novel). Acesso em 5 de maio de 2017.

• http://www.tudosobreseufilme.com.br/2016/09/medico-e-o-monstro-no-cinema-tv.html. Acesso em 5 de maio de 2017.

• http://bndigital.bn.gov.br/hemeroteca-digital/. Acesso em 5 de maio de 2017.

• http://memoria.bn.br/DocReader/docreader.aspx?bib=103730_05&pasta=ano%20192&pesq=o%20m%C3%A9dico%20e%20o%20monstro. Acesso em 20 de março de 2017.

• http://memoria.bn.br/DocReader/docreader.aspx?bib=103730_07&pasta=ano%20194&pesq=o%20m%C3%A9dico%20e%20o%20monstro. Acesso em 21 de março de 2017.

• http://memoria.bn.br/DocReader/DocReader.aspx?bib=103730_07&PagFis=7957&Pesq=o%20m%C3%A9dico%20e%20o%20monstro. Acesso em 21 de março de 2017.

• http://memoria.bn.br/DocReader/docreader.aspx?bib=103730_08&pasta=ano%20195&pesq=o%20m%C3%A9dico%20e%20o%20monstro. Acesso em 21 de março de 2017.

• http://memoria.bn.br/DocReader/docreader.aspx?bib=103730_08&pasta=ano%20195&pesq=Robert%20Louis%20Stevenson. Acesso em 22 de março de 2017.

• http://www.jb.com.br/cultura/noticias/2017/03/20/historias-extraordinarias-apresenta-o-duplo-e-o-medico-e-o-monstro/. Acesso em 5 de maio de 2017.

• http://www.tirodeletra.com.br/entrevistas/RobertLouisStevenson.htm. Acesso em 5 de maio de 2017.

• http://oglobo.globo.com/cultura/robert-louis-stevenson-critica-literatura-da-sua-epoca-em-ensaio-perdido-7837693. Acesso em 5 de maio de 2017.

• https://www.harpercollins.com/9780060935252/myself-and-the-other-fellow. Acesso em 5 de maio de 2017.

• http://www.blogdaeditorarecord.com.br/2016/01/05/a-hora-do-monstro/. Acesso em 5 de maio de 2017.

• https://www.hedra.com.br/livros/o-medico-e-o-monstro. Acesso em 5 de maio de 2017.

• https://www.paulus.com.br/portal/releases/classico-o-medico-e-o-monstro-ganha-adaptacao-para-o-publico-jovem#.WNliXfnyvIU. Acesso em 5 de maio de 2017.

• https://www.estantevirtual.com.br/busca?qtit=o+m%E9dico+e+o+monstro. Acesso em 5 de maio de 2017.

• http://www.estacaoliberdade.com.br/. Acesso em 5 de maio de 2017.

PAINEL DE IMAGENS

Retrato de Robert Louis Stevenson, c. 1894.

Frontspício da primeira edição de *Uma viagem pelo interior*, de Robert Louis Stevenson, 1878.

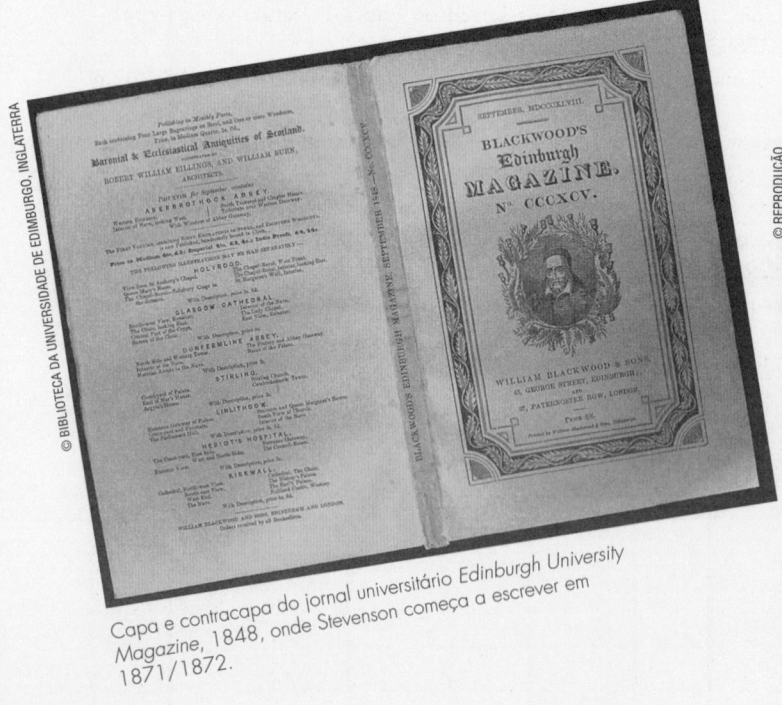

Capa e contracapa do jornal universitário Edinburgh University Magazine, 1848, onde Stevenson começa a escrever em 1871/1872.

A Ilha do Tesouro, de Robert Stevenson, lançado originalr em 1882/1883. Editora M Claret, 2013.

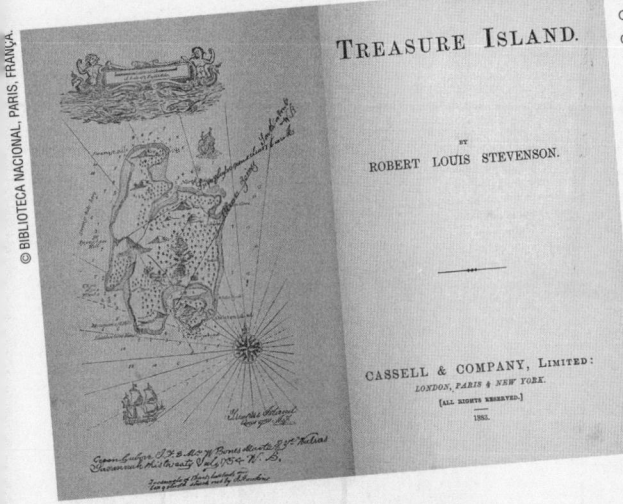

Frontspício e mapa da edição de 1883 do livro A Ilha do Tesouro.

Capa do livro *Raptado*, lançado originalmente em 1884/1887. Editora Nacional, 2006.

Capa do livro *O Jardim Poético da Infância*, publicado em 1885.

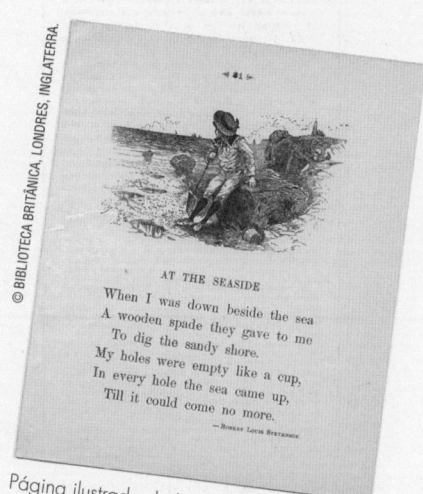

Página ilustrada do livro *O Jardim Poético da Infância*.

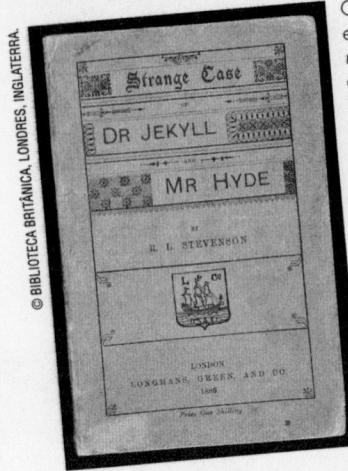

Capa da primeira edição do livro *O médico e o monstro*, de Robert Louis Stevenson, Editora Longmans, Green and Co. 1886.

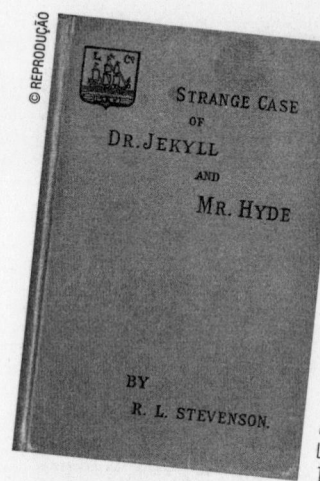

Outra capa da primeira edição de *O médico e o monstro*. London: Longmans, Green, 1886.

EVOLVED IN DREAMS.

Robert Louis Stevenson Describes How He Finds His Plots.

FAILING IN HEALTH.

The Famous Young Author Comes to America in the Hopes of Recruiting It.

When the steamship Ludgate Hill was reported at Fire Island at one o'clock yesterday afternoon the seventy cabin passengers who were aboard thought that they would disembark at Prentice's Stores, Brooklyn, but the managers of the "Bid Ites" had arranged otherwise.

The steamer left London on August 22, and, much to the discomfiture of the passengers, went to Havre, where over one hundred Normandy horses were taken on board. And, for a matter of convenience, in removing this live stock arrangements were made with the Union line to make the landing at pier 30 North River.

There were but few people present when the steamer, after much persuasion, was successfully brought alongside the pier. But among the few assembled was a HERALD reporter, and he singled out a tall gentleman wearing a short velvet jacket and a peculiarly cut low hat. His hair was black and fell over his shoulders, and his clean cut, refined features suggested a Vandyke.

This interesting looking person was Robert Louis Stevenson, the English, or rather Scotch author (for Mr. Stevenson was born in Edinburgh, about thirty-eight years ago, whose versatile writings have made his name a household word wherever the English language is read.

IN WRETCHED HEALTH.

Mr. Stevenson was accompanied by his wife, whom he married in California when on a visit to this country eight years ago. At that time Mr. Stevenson was a contributor to the London magazines, notably *Temple Bar*, *Cornhill* and *Macmillan's*. His love for adventure induced him to take a steerage passage from Liverpool to New York, from whence he journeyed as an emigrant to California. "Silverado Squatters," published originally in the *Century*, tells the incidents of his life in a mining camp in Southern California.

In answer to the reporter's inquiry, "What is your object in now visiting America?" Mr. Stevenson said:—"Simply on account of my health, which is wrecked. I am suffering from catarrhal consumption, but am sanguine that my sojourn here will do much to restore me to my former self. I came round by the Ludgate Hill principally because I like the sea, and because I thought the long sea voyage would do me good. But I certainly did not expect to make the voyage with one hundred horses. These were taken on board at Havre. The company's agent

Entrevista de Robert Louis Stevenson ao jornal *New York Herald* em 8 de setembro de 1887.

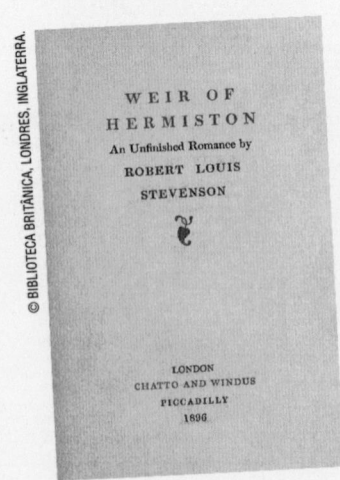

Capa do livro *Weir of Hermiston*, de Robert Louis Stevenson, 1896. O autor faleceu em 1894, enquanto escrevia a obra.

Pôster da primeira adaptação teatral da obra *O médico e o monstro* em Londres.

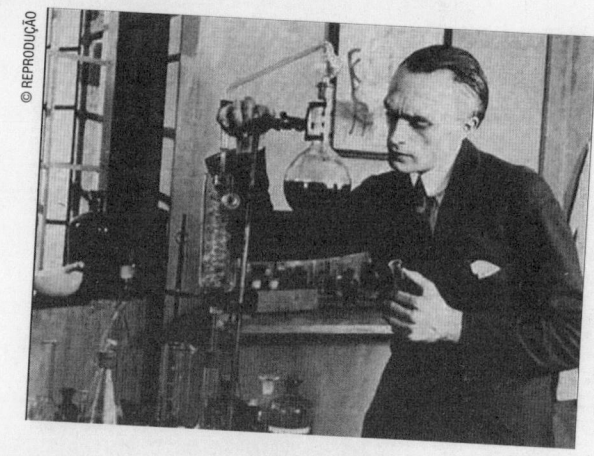

Cena do filme *O médico e o monstro*: Dr. Jekyll and Mr. Hyde, com direção de Herbert Brenon, 1913.

Cena do filme *O médico e o monstro*, com direção de John Barrymore, 1920.

Cena do filme
*O médico e o
monstro*, com
Fredric March,
1931.

Fredric March (à direita) com o Oscar de melhor
ator, 1932, por sua atuação em *O médico e o
monstro*.

Já está pronto o programa que
servirá para assinalar mais um ani-
versário da direção artística de Cé-
sar Ladeira na PRA-9. Entre as
magníficas atrações que serão apre-
sentadas no domingo, dia 28, podemos destacar a peça de Berliet Júnior, escrita especialmente para este dia, intitulada "O Médico e o
Monstro".

Jornal *Gazeta de
Notícias* (RJ) anuncia,
em 11 de setembro de
1941, a apresentação
da peça intitulada
O médico e o monstro,
de Berliet Júnior.

Cartaz do filme *O médico e o monstro*, dirigido por Victor Fleming, com Spencer Tracy, Lana Turner e Ingrid Bergman, 1941.

Capa do livro O médico e o monstro, na Série Terror, Editora Tecnopring Gráfica, com tradução de Humberto Pires. Esta pode ser considerada a primeira tradução brasileira da obra, 1950.

Cartaz do filme *Herança Maldita*, com direção de Seymour Friedman. Título original: *The Son of Dr. Jekyll*, 1951.

Cartaz do filme *A Filha do Médico e o Monstro*, com direção de Edgar G. Ulmer, 1957.

Cartaz do filme *Monstro de Duas Caras*, com direção de Terence Fisher, 1960.

Cartaz do filme *O professor Aloprado*, de Jerry Lewis, 1963. O filme foi inspirado na obra de Stevenson.

Capa do livro *O médico e o monstro*, com tradução e adaptação de Lígia Cadermatori, Editora FTD, 1989. O livro recebeu o prêmio FNLIJ como tradução altamente recomendável.

Capa da coletânea com três obras de terror, entre elas *O médico e o monstro*, com tradução de Adriana Lisboa e introdução de Stephen King. Ediouro, 2001.

Cena do musical *O médico e o monstro*, no teatro Bradesco, em São Paulo, com direção do americano Fred Hanson, 2010.

Capa do livro *O médico e o monstro*, com tradução de Hildegard Feist, a partir da adaptação de Michael Lawrence. Editora Companhia das Letrinhas, 1998.

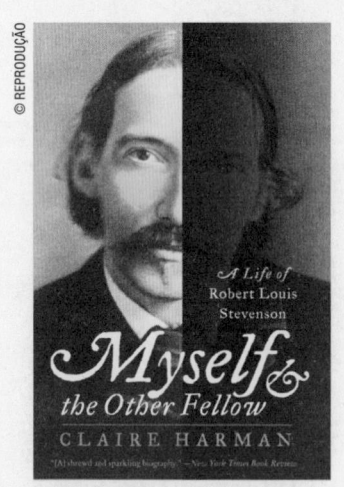

Capa do livro *Myself and the Other Fellow: A Life of Robert Lewis Stevenson*, biografia sobre Robert Stevenson, escrita por Claire Harman. Harper Collins Publishers, 2006.

Capa do livro *O médico e o monstro em quadrinhos*, pela editora Companhia Nacional (Coleção Quadrinhos Nacional), 2010.

Cartaz da primeira temporada (com 10 episódios) da série britânica *Jekyll & Hyde*, criada por Charlie Higson, 2015.

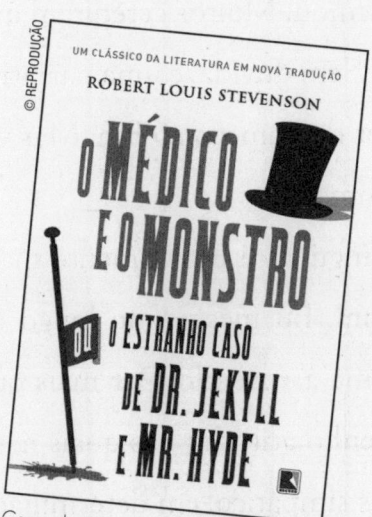

Capa do *e-book O médico e o monstro*, de Robert Louis Stevenson. Editora Record, 2016.

Cartaz de *O médico e o monstro*, peça escrita pelo dramaturgo Rodrigo de Roure. Direção de Ana Kfouri e atuação de Orã Figueiredo, no Centro Cultural Banco do Brasil (Rio de Janeiro), 2017.

A ETERNA LUTA ENTRE O BEM E O MAL

Walcyr Carrasco

O romance "O Estranho Caso do Dr. Jekyll e Sr. Hyde" (O Médico e o Monstro) sempre me fascinou. Muitos acreditam que se trata de um simples livro de terror. Sem dúvida, é uma narrativa de suspense capaz de prender o leitor do começo ao fim. Mas vai além disso. Penetra fundo na alma humana.

Acredito pessoalmente que ninguém é inteiramente mau, como também nunca totalmente bom. Eu mesmo, ao longo da minha vida, cometi erros dos quais me arrependo. Por mais que procure ser generoso, muitas vezes tenho atitudes das quais mais tarde me culpo. Poderia ter sido mais simpático, em determinada ocasião. Mais compreensivo, amoroso. Conhecer o que há de mau dentro de mim, penso, é uma maneira de me aprimorar. De evoluir.

No livro, o personagem principal, Dr. Jekyll, leva essa situação ao extremo. Descobre uma fórmula que separa fisicamente seu lado bom do mau. Quando toma o líquido borbulhante, torna-se Hyde, um rapaz mau, assassino, monstruoso. Ao beber a fórmula novamente, volta a ser o generoso Jekyll, que tem que lutar para impedir que Hyde assuma totalmente o controle. Conseguirá? Ah, isso não conto!

Psicologicamente falando, não somos todos assim? A Educação consiste, fundamentalmente, em criar cidadãos prontos para a vida em sociedade. E na vida é preciso aceitar limites para os desejos, para as vontades. Algo que o personagem de Hyde não conhece. Mas é através desses limites, em que o direito de cada um termina onde se inicia o do outro, é que podemos conviver. Hyde não conhece esses limites, chegando até ao assassinato. Jekyll, ao contrário, é um médico generoso.

Por isso o livro se torna tão fascinante. Ele retrata a eterna luta entre o bem e o mal dentro de nós. A batalha que sempre temos que vencer. Mas o mal é poderoso. Admiro a coragem do livro em retratar um tema tão importante.

Terminada a leitura, fica sempre a pergunta: Como está minha batalha interior? Quem está vencendo dentro de mim? Jekyll ou Hyde? A vida é também uma constante evolução. Após a leitura, eu sei que você se perguntará como fazer para se tornar alguém melhor.

1
A HISTÓRIA DA PORTA

Magro, alto, rosto fechado. Parecia nunca ter sorrido na vida. Ao contrário da maioria dos advogados, era reservado, de poucas palavras. Às vezes, inquieto. Triste. Pensativo. Mostrava porém uma curiosidade aguçada. E uma inteligência grande, capaz de compreender rapidamente o que se passava ao redor. Apesar dessas características, que podem parecer antipáticas, quem conhecia o Dr. Utterson o achava encantador.

Em reuniões com amigos, com pessoas por quem tinha afeto, deixava transparecer seu lado amoroso. Pequenos gestos e expressões suaves o tornavam amável.

Mas era um homem tenso, como se estivesse sempre à espera de que algo acontecesse. Suas maneiras sérias não deixavam transparecer sua generosidade. Estava sempre disposto a ajudar. Nunca a reprovar.

Era um advogado influente, conhecido, respeitável. Dava a todas as pessoas a mesma atenção. Fossem ricas ou pobres. Não fazia distinção.

Suas afeições cresciam com o tempo. Fora assim com Richard Enfield, um parente distante, com quem costumava passear aos domingos.

Muitos não entendiam como duas pessoas tão diferentes passavam horas juntas. O que uma via na outra? Por que passeavam, se trocavam poucas palavras? Que tipo de assunto teriam em comum? Pareciam até entediados um ao lado do outro. Mas aquele era, para os dois, um compromisso inadiável. Nada substituía a caminhada do domingo!

Certa vez, os dois desceram uma pequena rua transversal, num movimentado trecho de Londres. Sossegada, só aos domingos. Durante a semana o comércio era intenso. Tudo ali brilhava a novo. Tudo bem-cuidado. As esquadrias polidas, a limpeza impecável e a decoração de bom gosto das lojas, para atrair as pessoas.

A beleza e a exuberância do lugar só eram interrompidas por uma casa de aspecto sinistro. Dois andares. Só havia uma porta pela qual se chegava descendo alguns degraus, suja e riscada, com o verniz descascado. Sem campainha. No térreo, um paredão com a pintura desbotada. Janelas fechadas. Percebia-se que ninguém cuidava de seu aspecto há anos. De fato, a casa provocava calafrios.

Os dois caminhavam do outro lado da rua. Richard apontou a bengala para a casa:

— Você já reparou naquela porta? — Sem esperar pela resposta, prosseguiu: — Sabe que aconteceu uma história muito estranha nesse lugar?

— É mesmo? — perguntou o Dr. Utterson, curioso. — Qual é a história?

— Certa madrugada, quando voltava para casa, percorri esse caminho. Estava frio, o nevoeiro não dava trégua. Encobria quase tudo à frente. Não havia uma alma na rua. Tudo era silêncio e deserto. De repente, um homem baixo e franzino desceu a rua com passos rápidos e firmes. Uma menina vinha correndo pela transversal. Quando chegaram à esquina, deram um encontrão!

Enfield continuou:

— A menina caiu. O homem passou por cima dela, pisando em seu corpo sem dó. Ele a deixou ali, gritando de dor. Nem olhou para trás. Foi uma cena horrível. Ele parecia um monstro. Dei um grito e fui atrás do sujeito. Consegui alcançá-lo. E o imobilizei. Depois, o arrastei até onde estava a menina. Ele olhava para mim com tanto ódio que cheguei a transpirar.

Fez outra pequena pausa e respirou profundamente várias vezes.

— Quando chegamos havia várias pessoas ao redor da menina. Algumas eram da família. Chamaram um médico. A menina não estava ferida, apenas assustada e dolorida, segundo o doutor. Tudo poderia ter acabado aí. Mas então aconteceu algo muito estranho.

— O que foi? — perguntou o Dr. Utterson, curioso.

— O médico ficou pálido quando viu o sujeito que agredira a menina. Como ninguém fazia nada, nós exigimos que o homem, baixinho e franzino, pagasse os gastos da menina com o acidente. Caso contrário, espalharíamos a história para Londres inteira, denegrindo seu nome.

O Dr. Utterson foi ficando cada vez mais interessado.

— Ele aceitou? — perguntou o advogado.

— Sim. Na hora!

— E o que a porta tem a ver com isso?

— Aí é que está! O sujeito pegou uma chave do bolso e atravessou a rua. Abriu a porta e trouxe 10 libras em ouro e um cheque assinado por um nome que não posso falar. É um nome muito conhecido. Está sempre nos jornais.

O Sr. Enfield encheu o peito de ar.

— Achei muito estranho. Alguma coisa aquele homem estava escondendo. Perguntei: "Este cheque tem fundo? Ele não é seu. Onde arrumou este cheque assinado?". O sujeito não se abalou. Disse que ficaria conosco até os bancos abrirem e o pai da menina sacar o dinheiro. Fomos para meu escritório e esperamos o dia amanhecer.

— Hummm...

— Você não está acreditando, não é? Mas é verdade! Ele estava com um cheque assinado por um homem conhecido na sociedade e muito generoso. — Ergueu as sobrancelhas, como costumava fazer sempre que alguém duvidava dele. — Só podia ser chantagem! Um homem honesto pagando por alguma transgressão cometida na juventude. Casa de Chantagem, é como eu chamo esse lugar aí, depois do que aconteceu. Mas a história ficou mal explicada... — ele acrescentou e em seguida permaneceu pensativo.

A voz de Utterson o despertou do devaneio:

— O homem que assinou o cheque mora aí?

— Não. Ele mora perto de uma praça.

— Você nunca o procurou para perguntar sobre a casa? — A curiosidade do Dr. Utterson aumentava.

— Não. Quanto menos eu souber, melhor.

— Muito sensato — disse o advogado.

— Eu sinceramente acho que esse lugar não parece uma moradia. Não tem outras portas, ninguém entra nem sai. Embora, de vez em quando, veja o sujeito da chave entrar!

— Também não acho que é uma casa comum — concordou o advogado.

— Tem três janelas do outro lado, no térreo, que dão para um pátio. Essas janelas estão sempre fechadas. Mas limpas. — Olhou fixo para o advogado e continuou: — Apesar de não parecer uma moradia, deve morar alguém aí. Porque vejo sair fumaça da chaminé. O que significa que tem alguém aí dentro. — Coçou a cabeça.

Começaram a descer a rua novamente. Em silêncio. Demorou algum tempo até o Dr. Utterson se pronunciar:

— Sabe o nome do homem que pisoteou a garotinha?

— Hyde.

O Dr. Uterson surpreendeu-se, mas não deixou transparecer.

— Como ele é?

— Basta dizer que é um sujeito muito desagradável. Antipatizei com ele ao primeiro olhar!

O Dr. Utterson continuou andando mais algum tempo em silêncio, pensativo. De repente, perguntou:

— Tem certeza de que ele usou uma chave para abrir a porta?

Enfield o olhou, surpreso.

— O sujeito tem a chave. Eu o vi usá-la não faz nem uma semana.

O Dr. Utterson ficou em silêncio. Enfield concluiu:

— Esqueça essa história toda. Já passou. Não vamos mais tocar no assunto!

2

A PROCURA PELO SR. HYDE

O Dr. Utterson voltou para casa angustiado. Aos domingos, tinha o hábito de jantar e depois sentar-se em frente à lareira para ler. Só parava à meia-noite. Então ia se deitar.

Mas naquela noite, ao chegar, tirou a mesa, pegou uma vela e foi ao escritório. Abriu o cofre, pegou um envelope em que estava escrito: "Testamento do Dr. Jekyll".

Sentou-se à escrivaninha para examinar o conteúdo, que ele mesmo já conhecia. No caso de falecimento de Henry Jekyll, todos os seus bens iriam para seu amigo Edward Hyde. Mas havia um porém: em caso de ausência ou desaparecimento inexplicados do Dr. Jekyll por um período superior a três meses, Edward Hyde deveria substituir Jekyll em todos os aspectos de sua vida.

Aquele testamento sempre assombrara a vida de Utterson. Ele era o guardião do documento. Não sabia quem era Hyde. Até aquele dia.

— Eu achava estranho — disse ele para si mesmo em voz alta, enquanto colocava o documento de volta ao cofre. — Agora começo a achar que esse testamento esconde algo muito pior.

Apagou a vela, vestiu um sobretudo e saiu na direção da Cavendish Square, onde outro de seus amigos, o Dr. Lanyon, morava.

O mordomo o conhecia havia muito tempo. Por isso nem o anunciou. Permitiu que ele entrasse e fosse ao encontro do dono da casa. O médico estava sentado à mesa da sala de jantar, sozinho. Era um homem elegante, simpático, com alguns fios de cabelos brancos. Sua voz e seus gestos mostravam uma pessoa decidida, firme. Ao ver o Dr. Utterson, levantou-se e estendeu as duas mãos para recebê-lo. Eram amigos desde os tempos de colégio. Além do afeto, tinham muito respeito um pelo outro.

Conversaram sobre coisas sem importância durante um bom tempo. Então o Dr. Utterson entrou no assunto que o levara até ali.

— Acho que você e eu somos os amigos mais velhos de Henry Jekyll, não?

O Dr. Lanyon sorriu.

— Acho que sim. Sabe que faz tempo que não o vejo?

— É mesmo?

— Jekyll começou a ficar estranho, meio perturbado, com assuntos nada científicos.

— Por acaso você alguma vez conheceu um tal de Hyde? — Utterson perguntou, como quem não quer nada.

— Hyde? — repetiu Lanyon. — Não. Nunca ouvi falar...

O Dr. Utterson voltou para casa com essa informação. Quem era Hyde? Como ninguém o conhecia? Revirou-se na cama a noite inteira. Às seis ainda estava acordado, pensando na história que Enfield contara. Podia imaginar cena por cena!

Daquele dia em diante, decidiu que encontraria o Sr. Hyde. Queria saber onde estava Jekyll. E por que ele fizera aquele estranho testamento.

Dali em diante, usava todo seu tempo livre para vigiar a porta da casa. Chuva, sol, neblina, e ele ali, em seu posto de observação, pronto para desvendar aquele mistério!

Demorou, mas foi recompensado. Numa noite seca e fria, sem vento, quase 10 horas da noite, a rua deserta, ouviu barulho de passos. Teve certeza de que era o Sr. Hyde. O homem baixinho, vestido com simplicidade, era bem diferente do que imaginara.

Hyde atravessou a rua em diagonal, na direção da porta. Tirou uma chave do bolso. Utterson o surpreendeu. Colocou a mão em seu ombro e perguntou:

— Sr. Hyde?

Sobressaltado, o sujeito deu um passo para trás. Respondeu, sem virar a cabeça:

— Sim. O que o senhor deseja?

— Sou um velho amigo do Dr. Jekyll... Meu nome é Utterson, sou advogado. O senhor já deve ter ouvido falar de mim. Vai me convidar para entrar?

— O Dr. Jekyll não está. — Colocou a chave na fechadura. — Como o senhor me conhece?

— Posso pedir um favor, antes de responder?

— Sim...

— Posso ver seu rosto?

Hyde hesitou. Então, ergueu o rosto e os dois ficaram se encarando. Hyde tinha um ar de desafio nos olhos. Era um olhar quase diabólico.

— Agora já posso reconhecê-lo — disse o Dr. Utterson.

— Sim. E se quiser também posso lhe dar meu endereço. Aliás, acho que o senhor já deve ter, não é?

Com tom irônico, deu o nome da rua e o número da casa. Sem tirar o olhar do Dr. Utterson, perguntou:

— Como o senhor me reconheceu?

— Pela descrição.

— Quem me descreveu?

— Temos amigos comuns.

— Amigos comuns? — repetiu o Sr. Hyde, com voz ligeiramente rouca. — Quem?

— Jekyll, por exemplo — disse o advogado.

— Ele nunca iria falar de mim para você. Isso é mentira! — disse com rispidez, mostrando toda a raiva que sentia naquele momento.

— Mais respeito, Sr. Hyde!

O sujeito deu uma risada alta e grosseira. Em seguida, destrancou a porta e desapareceu casa adentro.

Utterson ficou parado por alguns minutos. Depois começou a subir a rua devagar. Estava perplexo. Seu pensamento teimava em permanecer no Sr. Hyde. Pálido, baixo, atarracado. Devia ter alguma deformidade, apesar de não aparentar. O sorriso era desagradável. O tom de voz rouco, meio sussurrante, causava muito medo. Havia uma combinação assustadora naquele homem. Sentia repulsa, aversão e terror. Algo lhe dizia que aquele homem poderia cometer qualquer tipo de violência. Estremeceu só de pensar.

— Tem de haver algo mais — murmurou para si mesmo, enquanto caminhava. — Há algo mais, sei que há! Se ao menos eu descobrisse o que é! Ele não parece humano! Deve ser uma alma repugnante penando aqui na Terra. Será que o demônio entrou em seu corpo e o transformou naquele homem assustador?

Virou a esquina, onde havia um quarteirão de casas antigas e elegantes, a maior parte delas em decadência. Muitas transformadas em pensionatos. Uma das casas, com um grande pátio na frente, no entanto, estava bem preservada. Foi diante desta, com ar de riqueza e aconchego, mesmo na penumbra, que o Dr. Utterson parou e bateu. Um criado de idade, bem-vestido, abriu a porta.

— O Dr. Jekyll está em casa, Poole? — perguntou.

— Vou verificar, Dr. Utterson — disse o mordomo.

Fez um gesto para o visitante entrar no *hall* espaçoso e confortável, de pé-direito baixo. Decorado com emblemas e brasões, o fogo da lareira aquecia o ambiente. A lenha exalava um delicioso aroma. Carvalho, o Dr. Utterson reconheceu.

— Quer aguardar aqui perto do fogo, doutor?

— Sim, obrigado — respondeu o advogado, aproximando-se da lareira.

Aquele *hall* era um sonho antigo do Dr. Jekyll. Ele queria um ambiente aconchegante, charmoso e agradável. Um ambiente que retratasse a Londres que ele amava. Utterson ficou observando os detalhes que havia em cada canto. Porém, o rosto de Hyde aparecia em todos os lugares para onde olhava. Sentia náusea, algo que nunca lhe acontecia. Parecia ter um peso enorme sobre o peito. Até a respiração estava ofegante. Sentia uma ameaça pairando no ar. Tinha até a impressão de ver figuras deformadas nas sombras do fogo da lareira.

O Dr. Utterson suspirou. Poole voltou, minutos depois, para dizer que o Dr. Jekyll saíra. Utterson não sabia se sentia alívio ou desconfiança.

— Eu vi o Sr. Hyde entrar na antiga sala de dissecações, do outro lado da rua, Poole — disse, com a testa franzida. — Não há problema que ele faça isso quando o Dr. Jekyll não está em casa?

— Não, Dr. Utterson — respondeu o criado. — O Sr. Hyde tem uma chave.

— Parece que seu patrão confia muito nesse rapaz... — observou o advogado, pensativo.

— De fato, doutor — Poole assentiu. — Todos nós temos ordem para obedecer ao Sr. Hyde.

— Acho que não cheguei a conhecê-lo...

— Ah, não, doutor. Ele nunca fica para o jantar. Nós o vemos muito pouco neste lado da casa. Ele quase sempre entra e sai pelo laboratório.

— Bem... boa noite, Poole.

— Boa noite, doutor.

Utterson foi para casa com o coração pesado. Pensou em Jekyll. Sua intuição dizia que o amigo estava em uma situação difícil. Refletiu que, quando era jovem, ele era bem arrojado, cheio de ideias próprias. Será que algum fantasma do passado algum dia viria assombrá-lo, como parecia acontecer com Jekyll?

Assustado com o pensamento, vasculhou em cada canto da memória sobre sua infância, adolescência. Não, não fizera mal a ninguém. Suspirou de alívio. Tinha a consciência tranquila. Sua vida fora transparente. Nunca passara dos limites.

Coçou novamente a cabeça, gesto que já estava se tornando um hábito nos últimos dias. Hyde talvez também tivesse segredos tenebrosos, que fariam os do pobre Jekyll parecer brincadeira de criança. Não podia deixar a situação se prolongar. Sentia o sangue congelar nas veias só de pensar naquela criatura tão íntima do amigo. Esgueirando-se para perto da cama de Henry Jekyll, durante a noite, para cometer alguma maldade. Pobre Henry, que jeito de acordar! Estava correndo perigo! E se Hyde descobrisse o conteúdo do testamento? Precisava fazer alguma coisa! Será que Jekyll permitiria?

Mais uma vez pensou nas estranhas cláusulas do testamento. Aquilo não estava cheirando nada bem!

3

O SIMPÁTICO DR. JEKYLL

Duas semanas depois, Jekyll ofereceu um jantar aos amigos mais íntimos, como sempre costumava fazer. O Dr. Utterson não tirou os olhos do médico. Queria ver se havia pelo menos um traço de inquietação ou angústia em seu rosto. Nada! Agia normalmente. Parecia até radiante. Esperou que os outros convidados fossem embora.

— Vamos tomar um vinho perto da lareira? — perguntou Jekyll, já se encaminhando para o *hall*.

Sentou-se em uma das poltronas e convidou o advogado a sentar-se também. Depois que Poole serviu o vinho, Utterson falou, de supetão:

— Eu queria mesmo falar com você, Jekyll. Sabe aquele seu testamento?

— Utterson, lá vem você com este assunto de novo! — exclamou. — Nunca vi um homem tão angustiado por causa de um testamento como você. A menos que tenha sido aquele pedante do Lanyon. Não sei por que, mas ele fala do meu trabalho como "heresias científicas". — Balançou a cabeça em negativa. — Nunca um homem me decepcionou tanto quanto Lanyon — completou.

— Você sabe que eu nunca aprovei seu testamento, não é? — Utterson falou, ignorando os comentários de Jekyll. Seu tom de voz saiu um pouco mais elevado do que ele gostaria.

— Eu sei. Você já me disse isso. — Jekyll estava visivelmente irritado.

— Acontece que descobri algumas coisas sobre o jovem Hyde.

O rosto largo e bonito de Jekyll empalideceu. Seus lábios ficaram sem cor.

— Achei que tínhamos concordado em enterrar esse assunto! — A mão que segurava a taça estava um pouco trêmula.

— O que descobri é horrível! — o advogado prosseguiu, como se não tivesse percebido a irritação do amigo.

— Estou numa situação delicada, Utterson. Minha posição é estranha... muito estranha. Não é uma questão que seja resolvida com diálogo.

— Jekyll, nós somos amigos, você me conhece… eu sou alguém em quem você pode confiar. Abra o seu coração. Desabafe. Sei que poderei ajudá-lo.

— Sabe que confio muito em você. Mas realmente não é o que você imagina. Não é tão ruim assim. — Pigarreou. — Apenas para tranquilizá-lo, vou lhe dizer uma coisa: no momento em que eu quiser, eu me livro do Sr. Hyde. Posso garantir. Não me entenda mal, mas vamos combinar de não tocar mais nesse assunto?

Utterson refletiu por um momento, contemplando o fogo.

— Não tenho dúvida de que você está certo — disse, por fim, levantando-se. — Não falarei mais sobre o assunto.

— Bem, mas já que você está falando sobre isso, e espero que pela última vez — continuou o Dr. Jekyll —, há algo que eu gostaria que você entendesse. Tenho um profundo interesse pelo pobre Hyde. Sei que você o viu, ele me contou… e receio que ele tenha sido rude. Então, se alguma coisa acontecer comigo, Utterson, quero que me prometa que irá apoiá-lo e garantir os direitos dele. Acredito que você faria isso se soubesse de tudo. Se me prometer isso, tirará um grande peso das minhas costas.

O advogado suspirou. Faria o que o amigo estava lhe pedindo.

— Eu prometo.

4
O CASO DO
ASSASSINATO CAREW

Um ano havia se passado desde o jantar e a conversa de Utterson e Jekyll sobre Edward Hyde, quando Londres foi surpreendida por um crime bárbaro. Tão atroz, tão violento, que deixou todos em choque. Principalmente porque a vítima era muito conhecida. Um caso que estava na boca de todos. Não se falava em outra coisa.

Um nevoeiro espesso caíra sobre a cidade naquele final do dia. Tudo adquiria um aspecto fantasmagórico. Horas depois, o céu estava limpo e sem nuvens. A Lua derramava claridade nas ruas. Era quase meia-noite. Uma mulher estava debruçada à janela. Não conseguia dormir. Ficou olhando para as árvores, que balançavam com o vento, para o reflexo da Lua no rio próximo a sua casa. De repente um senhor de cabelos brancos, bem-vestido, surgiu caminhando na viela que serpenteava ao longo do rio. Em sentido contrário vinha outro homem, mais jovem, franzino, cabelos despenteados, apoiando-se em uma bengala. Quando se aproximaram um do outro, pararam. O brilho do luar iluminou o rosto do homem mais velho enquanto ele falava. Sua expressão era de simpatia e doçura. Mesmo da janela, a moça percebeu que o homem transbordava delicadeza e afeto. Seus olhos se voltaram para o outro. Um calafrio percorreu o corpo da moça. Ela o reconheceu de imediato. Era Hyde! Uma vez ele visitara seu patrão. Nunca mais se esquecera dele. Antipatia instantânea! Medo atroz! Os olhos, demoníacos. Um monstro, é o que ele parecia! Começou a prestar mais atenção nos dois homens. Hyde balançava a bengala devagar, de um lado para o outro. Não abriu a boca para responder à pergunta que o homem mais velho fizera. Parecia impaciente. Então, de repente, como se tivesse sido tomado por algum espírito do mal, golpeou o homem com a bengala. Um golpe só. Tão forte que derrubou o idoso. Em seguida, pisoteou a vítima e desferiu golpes com a bengala. A brutalidade e o sangue jorrando para todos os lados deixou a moça paralisada. Podia ouvir barulho de ossos se quebrando. Não queria ver, mas não conseguia tirar os olhos daquela cena terrível. Foram pancadas e mais pancadas na cabeça e no tórax. O idoso não emitiu um som. Hyde só parou quando teve certeza de que sua vítima estava morta. Pegou o corpo ensanguentado e o jogou ao lado da viela. Horrorizada com a cena e com os sons apavorantes, a moça desmaiou.

Eram duas da madrugada quando ela recobrou os sentidos e chamou a polícia. O assassino já devia estar longe, mas a vítima estava ali, horrivelmente dilacerada. A bengala que servira de arma, embora feita de madeira nobre, sólida e pesada, se quebrara ao meio, tamanha a selvageria do assassino. Uma das metades, com a ponta estraçalhada, estava perto do corpo, em uma vala. A outra, sem dúvida, o assassino levara embora. Uma carteira e um relógio de ouro foram encontrados com a vítima, mas não havia nenhum documento ou cartão de visita, apenas um envelope fechado e selado, que provavelmente seria colocado no correio. Estava endereçado ao Dr. Utterson.

O dia mal clareara e o envelope já estava nas mãos do advogado. Ele declarou, solene:

— Não direi nada até ver o corpo.

Com expressão fechada, tomou rapidamente um café e foi ao distrito policial, para onde o corpo fora levado. Assim que entrou no cubículo, acenou afirmativamente com a cabeça.

— Sim — murmurou. — Eu o reconheço. Lamento dizer que este é Sir Danvers Carew.

— Santo Deus, doutor! — exclamou o oficial. — Será possível? Isso vai explodir como uma bomba!

Fez um breve relato do que a testemunha dissera. O Dr. Utterson já ficara ressabiado ao ouvir o nome de Hyde. Mas, quando a metade da bengala foi colocada à sua frente, ele não teve dúvida. Mesmo quebrada e desgastada, reconheceu o presente que ele mesmo dera a Henry Jekyll, anos atrás.

— Esse Sr. Hyde é um homem de baixa estatura? — perguntou.

— Sim, doutor. A testemunha disse que ele tem uma expressão perversa — respondeu o policial.

— Se quiser, posso levar o senhor até a casa do Sr. Hyde.

Eram nove horas. Um grande véu cinza-escuro descia do céu, mas o vento empurrava e deslocava continuamente a névoa. Utterson ficou observando a variedade de tons e matizes. Naquela época do ano, alguns lugares ficavam escuros como uma noite sem luar. Aquele dia em especial tinha um brilho sombrio. A claridade amarelada parecia sobrenatural.

A sombria região do Soho no mês de outubro, quando a névoa era mais forte e se movimentava com o vento, fez o Dr.

Utterson se arrepiar. As luzes das casas, ora acesas, ora apagadas, nos becos e vielas, faziam o lugar parecer amedrontador. A vista era de arrepiar. Daquelas que só aparecem em pesadelos.

Quando o cabriolé parou na frente do endereço indicado, o Dr. Utterson olhou ao redor: a rua havia se transformado desde seu último passeio. Estava suja. Bem perto havia um bar, um restaurante decadente, uma loja de artigos variados baratos. Mostrou a porta. Era ali a moradia do protegido de Henry Jekyll. Do herdeiro de 250 milhões de libras esterlinas.

Quando bateram, uma mulher idosa de cabelos brancos e rosto marcado por profundas rugas abriu. Seus olhos mostravam uma pessoa de má índole, mas a hipocrisia e seus modos impecáveis suavizavam a maldade do olhar. Sim, ela disse, o Sr. Hyde morava ali, mas não estava. Chegara muito tarde na noite anterior, mas saíra de novo, menos de uma hora depois. Não havia nada de estranho nisso, pois tinha hábitos bastante irregulares e passava muito tempo fora. Por exemplo, fazia quase dois meses que não o via. Até a véspera.

— Senhora, gostaríamos de ver as dependências da casa — disse o advogado.

Quando a mulher se negou, ele a interrompeu:

— É melhor eu lhe dizer quem é este cavalheiro. É o inspetor Newcomen, da Scotland Yard, a polícia de elite londrina.

Um brilho de alegria perversa iluminou o semblante da mulher.

— Ah! — ela exclamou. — Ele está encrencado! O que fez desta vez?

O Dr. Utterson e o inspetor se entreolharam.

— Ele não parece ser muito querido por aqui — sussurrou o inspetor. — Agora, senhora, por gentileza, permita-nos entrar. E olhar a casa.

Não havia mais ninguém além da mulher. Eles logo notaram que, apesar de a casa ser grande, o Sr. Hyde usava poucos cômodos. Chamava a atenção o luxo e o bom gosto da mobília. Havia um armário com garrafas de vinho, baixelas de prata e toalhas de mesa da melhor qualidade. Um belo quadro na parede, presente — Utterson deduziu — de Henry Jekyll, bom conhecedor das artes. Os tapetes eram macios e de cores harmoniosas. Aos olhos do advogado e do policial, algo estava errado: parecia que os cômodos haviam sido revirados recentemente. Roupas espalhadas pelo chão, gavetas abertas e na lareira um monte enorme de cinza, como se uma grande quantidade de papéis houvesse sido queimada. O inspetor desenterrou o canhoto de um talão de cheques verde, que resistira à ação do fogo. A outra metade da bengala foi encontrada atrás da porta. Era o suficiente para incriminar o Sr. Hyde. Agradeceu à senhora e saiu, acompanhado de Utterson. Tudo era muito comprometedor.

Na visita ao banco, descobriram um saldo de milhares de libras na conta do assassino. Pronto! Aquele era o homem a ser pego.

— Pode ter certeza, doutor — disse o inspetor a Utterson —, eu o tenho em minhas mãos. Só precisamos esperar por ele no banco.

Mas quem era Hyde? Poucas pessoas o conheciam. Ao descrevê-lo, davam detalhes desencontrados. Não seria tão fácil assim. Ninguém tinha informações sobre os familiares dele. Nem fotografias. Havia somente um aspecto no qual todos concordavam: a forte impressão de uma deformidade impossível de ser definida.

5
A CARTA

Era final de tarde quando o Dr. Utterson chegou novamente diante da casa do Dr. Jekyll. Poole abriu a porta com seu jeito formal e o deixou entrar. Conduziu-o para baixo. Passaram pela cozinha. Atravessaram o pátio e seguiram até uma edícula. Era usada como laboratório e sala de dissecação. O advogado entrava pela primeira vez naquela parte da casa. Novamente um calafrio percorreu o corpo de Utterson. Seus olhos iam de um lado para o outro. A sala sem janelas estava suja, com manchas pelo chão. As mesas, com muitos tipos de equipamento sobre elas, além de caixas e embalagens de palha ainda fechadas, tornavam o lugar mais assustador. A luz fraca que atravessava a cúpula empoeirada do lustre causava certa má impressão. No fundo do cômodo havia um lance de escadas que levava a uma porta revestida de feltro vermelho. O Dr. Utterson passou pela porta e foi finalmente recebido no escritório do médico.

O cômodo era espaçoso, repleto de armários de vidro, com frascos, tubos de ensaio e lâminas para análises, mobiliado com muito bom gosto. Havia três janelas com barras de ferro, vidraças empoeiradas e vista para o pátio. O fogo crepitava na lareira. Sobre a cornija[2] havia um abajur aceso, pois a neblina espessa começava a invadir o interior da edícula. Ali perto do calor estava Jekyll, com aparência abatida. Não se levantou para receber o amigo, apenas estendeu a mão fria e deu as boas-vindas com voz alterada.

— E então? Você ouviu as notícias? — perguntou o Dr. Utterson, assim que Poole os deixou a sós.

O médico encolheu os ombros.

— Estão gritando lá na praça — disse ele. — Eu ouvi da minha sala de jantar.

[2] Moldura saliente que serve de arremate superior à lareira. (Dicionário *Houaiss*)

— Uma palavra — disse o advogado. — Carew era meu cliente, mas você também é, por isso preciso saber o que estou fazendo. Você não foi louco a ponto de esconder esse sujeito, não é?

— Utterson, eu juro! — o médico gritou. — Juro que nunca mais olharei para ele. Pela minha honra, eu prometo! Tudo tem um fim. A verdade é que ele não quer a minha ajuda. Você não o conhece como eu, ele está em segurança. Eu lhe garanto que nunca mais se ouvirá falar dele. — A voz do médico parecia falhar enquanto fazia o juramento a Utterson.

O Dr. Jekyll continuou:

— Pode acreditar em mim! Não posso dizer a ninguém por que, mas ele não vai aparecer mais. — Fez uma pequena pausa e voltou a falar, gaguejando: — Tenho um segredo que não posso compartilhar com ninguém! Mas preciso do seu conselho. — No rosto de Jekyll só se via desespero e pavor. Utterson prendeu a respiração. O que estava acontecendo para que o médico estivesse tão abalado? — Recebi uma carta e estou perdido, não sei se devo procurar a polícia. Quero deixar isso nas suas mãos, Utterson. Tenho certeza de que você tomará a atitude mais sensata. Você é meu amigo e confio muito em você.

— Imagino que você esteja com receio de que a carta possa levar à prisão de Hyde, é isso? — perguntou o advogado.

— Não. A verdade é que estou farto de Hyde. Estou pensando em mim mesmo e em como essa situação odiosa me expôs.

Utterson ficou surpreso com o egoísmo demonstrado pelo amigo, mas ao mesmo tempo ficou aliviado.

— Bem, deixe-me ver a carta — pediu.

A caligrafia era estranhamente vertical e assinada por "Edward Hyde". Dizia que o Dr. Jekyll não precisava se preocupar com sua segurança, pois ele tinha meios confiáveis para escapar.

Utterson suspirou satisfeito. Pelo menos o amigo se livraria de Hyde.

— Você está com o envelope? — indagou.

— Eu o queimei antes mesmo de pensar no que estava fazendo — Jekyll respondeu. — Mas não tinha nenhum selo nem carimbo de correio. Foi entregue em mãos.

— Posso levar a carta para analisá-la melhor? — perguntou Utterson.

— Leve e julgue por mim — foi a resposta do Dr. Jekyll. — Não confio mais em mim mesmo.

— Só mais uma pergunta... Foi Hyde que estabeleceu os termos do seu testamento sobre um suposto possível desaparecimento?

O médico parecia prestes a desmaiar. Balançou a cabeça, concordando.

— Eu sabia — disse Utterson. — Ele pretendia matar você. E você escapou...

— Mais que isso, eu aprendi uma lição! E que lição! — Cobriu o rosto com as mãos. Por um momento, Utterson pensou que o amigo fosse chorar, mas logo ele se recompôs. — Veja o que pode fazer — falou, antes de se despedir de Utterson e chamar o mordomo.

Já na porta da saída, o advogado perguntou a Poole:

— Como era o mensageiro que entregou a carta hoje?

— Só chegaram correspondências pelo correio, senhor. Nada importante — acrescentou. — Apenas propagandas.

Utterson arregalou os olhos, surpreso.

— Tem certeza disso, Poole?

— Sim, senhor.

Já na rua, o Dr. Utterson ouviu um garoto gritando a plenos pulmões:

— Extra, extra! Edição especial! Assassinaram um membro do Parlamento!

O advogado caminhou a passos rápidos. Queria sair dali o mais rápido possível. Convidou seu escriturário, o Sr. Guest, para visitá-lo. Era a pessoa mais capacitada para analisar a situação.

Não demorou muito e ele estava sentado em frente à lareira com Guest diante dele. A cidade estava imersa no nevoeiro denso. As lâmpadas brilhavam como pedras luminosas nos postes. Em meio à neblina baixa e sufocante, a vida prosseguia pelas ruas e avenidas, sob o ruído forte do vento. Na sala, a atmosfera era de calor e aconchego.

Pouco a pouco, Utterson começou a relaxar. Entre ele e o Sr. Guest não havia segredos. O escriturário estava a par de todos os negócios do Dr. Jekyll. Era também um frequentador assíduo da casa do médico. Conhecia Poole e tinha conhecimento da presença de Hyde na casa. Por que não mostrar a ele a carta que poderia desvendar o mistério? Além do mais, Guest era especialista em analisar caligrafias e certamente iria querer ver a carta.

— Foi chocante o que aconteceu com Sir Danvers — Utterson falou.

— Sim, doutor, foi mesmo. Essa barbárie provocou uma grande comoção pública — comentou Guest. — Claro que o homem era louco.

— Gostaria de ouvir sua opinião a esse respeito — disse Utterson. — Tenho aqui um documento escrito com a letra dele, e que fique entre nós, pois não faço ideia do que fazer com isto. Como você diz, cada assassino deixa uma assinatura. Aí está a dele.

Os olhos do Sr. Guest brilharam e ele se inclinou para olhar com mais apuro a carta.

— Não, doutor, ele não é louco... mas tem uma caligrafia estranha.

Nesse instante um criado entrou com um bilhete e o entregou ao Dr. Utterson.

— É do Dr. Jekyll? — perguntou o escriturário. — Reconheci a letra. Posso ver? Claro, se não for assunto particular...

— Apenas um convite para jantar.

O escriturário colocou as duas folhas de papel lado a lado e comparou as letras.

— Eu sabia que a caligrafia deste bilhete era semelhante à de alguém. Ambas são idênticas em vários pontos, diferentes apenas na inclinação.

— Que estranho... — murmurou Utterson.

— Sim, muito — concordou Guest.

Mais tarde, quando já estava sozinho, o Dr. Utterson guardou o bilhete no cofre.

"O que significa isto, Henry Jekyll...?", perguntou-se, sentindo o sangue gelar nas veias.

6
O MISTERIOSO ENVELOPE DO DR. LANYON

Sem pista do assassino, a polícia de Londres ofereceu recompensa de milhares de libras para quem fornecesse uma informação que levasse ao monstro assassino de Sir Danvers.

O tempo passou. Nada! O Sr. Hyde desaparecera completamente! Era como se nunca houvesse existido. Muita coisa de seu passado fora descoberta. Coisas infames. Surgiram histórias sobre sua crueldade, sobre sua personalidade violenta, sua vida desprezível. Comentavam ainda sobre o ódio que tomava conta dele em certas ocasiões. Mas nenhuma informação sobre seu paradeiro. Desde que saíra de sua casa no Soho, na manhã do assassinato, ninguém mais soubera de sua pessoa.

À medida que o tempo passava, o Dr. Utterson foi recuperando sua calma habitual. Às vezes achava que a morte de Sir Danvers fora o estopim para o desaparecimento do Sr. Hyde.

Agora que a má influência havia desaparecido, uma nova vida se iniciara para o Dr. Jekyll. Ele saíra do isolamento, reatara relações com os amigos e se tornara novamente o anfitrião amável e caloroso de sempre. Voltou a se dedicar à vida social. Participava de obras de caridade, de ajuda aos necessitados, de eventos para arrecadar fundos para ajuda humanitária. Seu semblante parecia estar mais sereno, mais iluminado, como se ajudar o próximo o reanimasse. A paz tomara conta da vida de Jekyll.

No dia 8 de janeiro, Utterson jantou na casa do médico com um pequeno grupo, Lanyon entre eles. O anfitrião estava feliz com a companhia, olhando de um para o outro como nos tempos em que os três eram inseparáveis. Mas no dia 12 e também no dia 14, a porta da casa do médico não se abriu para o Dr. Utterson.

— O doutor não quer receber ninguém — informou Poole, com a porta apenas entreaberta.

No dia 15, Utterson tentou fazer mais uma visita e deu com a cara na porta. Como se acostumara a visitar o amigo quase diariamente nos últimos dois meses, tinha certeza de que o retorno ao isolamento era prenúncio de tempestade.

Três dias depois convidou Guest para jantar. Na noite seguinte foi jantar na casa do Dr. Lanyon. Assim que entrou, ficou chocado com a aparência do médico. Parecia estar à beira da morte. Onde estava o homem bem-disposto e corado que ele conhecia? Se alguém tivesse lhe contado, não acreditaria. O Dr. Lanyon que ele encontrou foi um homem pálido, de pele flácida, envelhecido. Mas o que mais chamou a atenção de Utterson não foi a aparência do médico e sim a expressão no olhar. Os modos dele. Tinha a impressão de que fora vítima de um terror profundo. Parecia ter visto o demônio!

— O que aconteceu, Lanyon? Por que não me disse que estava doente?

Foi com ar de dignidade que Lanyon falou:

— Estou bem. Sofri um choque muito grande e sei que não tenho muito tempo pela frente. — Olhou de maneira enigmática para o Dr. Utterson. — Sabe… às vezes penso que se soubéssemos de tudo que pode acontecer, ficaríamos mais felizes com a ideia de partir deste mundo.

— Jekyll também está doente — Utterson observou. — Você o tem visto?

O médico ergueu a mão trêmula.

— Não me fale sobre Jekyll! — Parecia estar prestes a explodir de raiva. — Para mim ele está morto!

— O que aconteceu, Lanyon? Posso fazer alguma coisa? Somos velhos amigos, nós três.

— Não há nada que possa ser feito — respondeu Lanyon. — Pergunte a Jekyll.

— Ele não quer me receber.

— Não me surpreende. Um dia, Utterson, quando eu não estiver mais aqui, talvez você compreenda o certo e o errado de tudo isso. Não posso lhe contar. Se quiser conversar sobre outro assunto, vamos nos sentar. Se não consegue evitar esse assunto amaldiçoado, peço que encerre esta visita!

Assim que voltou para casa, Utterson sentou-se e escreveu para Jekyll, perguntando o motivo para Lanyon estar com tanto ódio dele. E também por que não queria receber ninguém.

Utterson ficou atônito com a resposta.

Não culpo nosso velho amigo. Mas concordo com ele que não devemos mais nos ver. Pretendo daqui por diante viver uma vida extremamente reclusa. Não fique surpreso e não duvide da minha amizade se encontrar minha porta fechada. Você precisa estar afastado enquanto sigo meu sombrio caminho. Eu atrai para mim uma punição e um perigo impossível de serem afastados. Se sou o maior dos pecadores, sou o maior dos sofredores, também. Nunca imaginei que existisse neste mundo espaço para sofrimentos e terrores tão profundos. Se há uma coisa que você pode fazer, Utterson, é respeitar o meu silêncio.

O que acontecera? Uma semana atrás, Jekyll era pura alegria e otimismo. De um momento para o outro, virou do avesso. Tão grande e brusca mudança indicava uma séria perturbação. Lembrou-se das palavras de Lanyon. Das faíscas de ódio que saíam dos seus olhos.

Em menos de quinze dias, Lanyon faleceu. Na noite seguinte ao funeral, triste, Utterson fechou a porta de seu escritório e sentou-se, sentindo tanta dor como se tivesse uma faca cravada no peito. Um amigo morrera, o outro se isolara do mundo. Sentiu uma solidão tão grande, mas tão grande, que pela primeira vez se questionou sobre a razão da vida.

Na escrivaninha estava um envelope endereçado a ele, escrito por Lanyon antes de morrer. "Em mãos." Fora entregue à tardinha, segundo as ordens que o falecido amigo havia deixado. Na frente do envelope havia uma ordem:

Confidencial

Única e exclusivamente para conhecimento de G. J. Utterson. No caso de seu falecimento, deve ser destruído e jamais violado.

Utterson tremia ao segurar o envelope. Quebrou o lacre. Dentro havia uma folha dobrada, lacrada, com a advertência: "Abrir somente em caso de morte ou desaparecimento do Dr. Henry Jekyll".

Utterson não podia acreditar no que via. Sim, desaparecimento... ali também, como no testamento, estava a ideia de desaparecimento associado ao nome de Henry Jekyll. No testamento havia o nome do sinistro Hyde. Mas por que Lanyon também falava da possibilidade do desaparecimento de Jekyll?

Utterson sentia medo e curiosidade. Se fosse desleal, abriria o envelope e colocaria fim naquele mistério. Mas a ética profissional e a lealdade ao amigo morto jamais permitiriam que ele violasse um pedido feito por alguém que agora estava morto. Levantou-se, abriu o cofre e colocou o envelope sobre o testamento de Jekyll. Intacto.

Daquele dia em diante, tentou fazer visitas a Jekyll, mas nunca era recebido. Poole sempre tinha a mesma desculpa. O doutor estava confinado no escritório. Não saía de lá nem para comer nem para dormir.

Utterson, cansado de ouvir o mesmo argumento, foi pouco a pouco diminuindo a frequência de suas visitas.

7
INCIDENTE NA JANELA

Num domingo, quando o Dr. Utterson fazia sua caminhada semanal com o Sr. Enfield, aconteceu de passarem outra vez diante da porta misteriosa. Ambos pararam para olhar.

— Bem — disse Enfield —, essa história está acabando. Não ouviremos mais falar do Sr. Hyde.

— Espero que não — respondeu Utterson. — Contei a você que cheguei a ver Hyde uma vez e que tive a mesma sensação de repulsa?

— Todos devem sentir a mesma coisa quando o veem — retrucou Enfield. — Aliás, nunca comentei, mas há muito tempo sei que esta casa aí faz parte dos fundos da propriedade do Dr. Jekyll!

— Então você descobriu?

— Não imaginei que me julgasse um idiota — respondeu o amigo, com um sorriso de canto de boca.

Utterson arqueou a sobrancelha e falou:

— Estou preocupado com o Jekyll. Vamos chegar até mais perto. A janela do meio está meio aberta. Podemos olhar lá dentro. Quem sabe a gente consiga ver Jekyll.

Atravessaram a rua. O pátio interno estava escuro, apesar do dia ensolarado. Sentado bem perto da janela semiaberta estava o Dr. Jekyll. Parecia um prisioneiro. Sua expressão era de infinita tristeza. O corpo arqueado demonstrava desânimo.

— Jekyll, espero que esteja melhor! — o advogado falou, mas sem esperança de receber uma resposta.

Para sua surpresa, Jekyll respondeu:

— Estou muito desanimado, Utterson. Muito, realmente. Sem forças. Sei que essa maldição não vai durar por muito tempo. Ainda bem! — O tom de voz melancólico era assustador.

— Jekyll, você fica muito dentro de casa. Por que não sai, caminha um pouco comigo e com o Enfield? Venha, vamos dar uma volta.

— Eu gostaria, mas não, não... não, é impossível. Não me atrevo. — Suspirou. — Utterson, estou muito feliz em vê-lo. Não convido vocês para entrar porque a casa está um caos. Impossível receber visitas.

— Bem, nesse caso — respondeu o advogado, com bom humor —, vamos conversar com você daqui mesmo.

— Era exatamente o que eu ia sugerir — Jekyll disse, com um leve sorriso.

No mesmo instante, o sorriso se transformou em uma expressão de terror. Utterson sentiu o sangue gelar nas veias. Ele e Enfield tiveram um breve vislumbre de algo no pátio. A janela foi fechada com brutalidade.

Os dois saíram correndo. Pareciam estar fugindo do demônio. Quando já estavam na esquina oposta, pararam ofegantes. Utterson olhou para o amigo. Estava pálido, a boca contraída e uma expressão horrorizada no olhar.

— Que Deus nos perdoe... Que Deus nos perdoe — murmurou o Dr. Utterson. — Seus olhos estavam esbugalhados. A pele parecia de cera. Tremia como se estivesse no meio da neve.

Voltaram a andar em silêncio.

8
A ÚLTIMA NOITE

Certa noite, depois do jantar, o Dr. Utterson estava sentado perto da lareira. Ouviu batidas fortes na porta. Era Poole.

— O que está fazendo aqui a essa hora, Poole?

— Doutor... alguma coisa está muito errada.

— Entre, entre. Conte o que está acontecendo!

Poole parecia em pânico. Seu rosto era puro terror.

— Eu não aguento mais.

— Poole, diga o que é. Você sabe que pode confiar em mim.

— Acho que é algo monstruoso.

— Monstruoso?! — Utterson não conseguiu controlar o tom de voz. — O que você quer dizer com isso?

— O senhor me acompanharia para ver o que está acontecendo com seus próprios olhos?

A resposta de Utterson foi levantar-se, pegar o chapéu e o sobretudo.

Era uma noite muito fria, típica do mês de março, com uma pálida lua crescente, que parecia deitada de costas no céu. O ar frio enrijecia a pele do rosto e dificultava a conversa. Parecia também ter varrido as pessoas da rua, pois aquela parte de Londres estava deserta. Enquanto caminhavam, sentia um mau presságio. Arrepios percorriam o seu corpo.

Quando chegaram perto da praça, o mau presságio se transformou em terror. As folhas das árvores zuniam. Os arbustos se dobravam, tamanha a força do vento. Poole, que andara por todo o caminho um ou dois passos à frente de Utterson, parou no meio da calçada. Tirou o chapéu e limpou o suor da testa com um lenço vermelho. Não era pela pressa nem pelo esforço, mas pelo medo que sentia. Seu rosto continuava pálido. Quando falou, sua voz soou rouca e trêmula.

— Bem, doutor — disse ele —, aqui estamos, e queira Deus que eu esteja enganado.

O mordomo bateu à porta com suavidade.

— É você, Poole? — ouviu-se a pergunta.

— Sim — respondeu Poole.

A porta foi aberta por um dos criados. O *hall* fortemente iluminado e o fogo da lareira tornavam a cena ainda mais tétrica. Todos os criados, homens e mulheres, estavam amontoados, como um rebanho de ovelhas diante de uma matilha de lobos.

Ao ver o Dr. Utterson, a arrumadeira caiu em prantos, e a cozinheira exclamou:

— Graças a Deus! É o Dr. Utterson! — Correu para ele e se jogou a seus pés.

— Por que vocês estão aqui, amontoados desse jeito? — o advogado perguntou, tentando parecer calmo.

— Estamos em pânico — Poole sussurrou.

Todos olharam para a porta interna, com expressão de terror. O sr. Poole virou-se para um ajudante e falou:

— Vá buscar uma vela. Vamos resolver logo essa situação.

Quando o ajudante entregou a vela a Poole, ele e o Dr. Utterson se encaminharam para o jardim dos fundos.

— Agora, doutor, vá devagar. Não faça barulho. Ouça apenas. Se por acaso ele o convidar para entrar, não aceite de jeito nenhum!

Utterson ainda não entendia o que estava acontecendo. Apenas acompanhava Poole. Tentava não demonstrar, mas estava apavorado. O coração galopava. Todo seu corpo estava gelado. Nunca tivera uma sensação tão horrível como aquela. Entrou com o mordomo no laboratório. Ficaram ao pé da escada. Ali Poole fez um sinal para que ele recuasse um pouco e escutasse. Reuniu as forças que lhe restavam e subiu a escada. Bateu sem muita firmeza no feltro vermelho que revestia a porta do escritório.

— Com licença, o Dr. Utterson quer falar com o senhor! — Enquanto falava, ele mais uma vez gesticulou com veemência para que o advogado prestasse atenção.

— Diga a ele que não posso falar com ninguém agora — ouviu-se uma voz do lado de dentro.

— Obrigado, senhor! — respondeu Poole, com um leve tom de triunfo.

Ele e o Dr. Utterson atravessaram novamente o pátio em direção à cozinha. O fogo estava apagado. Insetos arrastavam-se pelo chão.

— Doutor, diga-me, aquela era a voz do meu patrão?

— Está um pouco mudada — respondeu o advogado, muito pálido.

— Mudada? — indagou o mordomo.

— Será que trabalhei 20 anos nesta casa para não reconhecer a voz de meu patrão? Não, doutor... meu patrão desapareceu. Ele desapareceu há oito dias, quando o ouvimos gritar e clamar por Deus. Quem está lá é algo de outro mundo, Dr. Utterson!

— Você está querendo dizer que Jekyll foi assassinado?

— Faz uma semana que ele... aquela coisa..., seja lá o que for... está trancado no escritório e grita dia e noite pedindo um tal remédio que nenhum boticário[3] consegue acertar. Era costume dele, às vezes... do patrão, quero dizer... escrever ordens numa folha de papel e jogar na escada. Esta última semana foi só isso, papéis na escada e a porta fechada. Até as refeições ele só pega e devolve quando ninguém está olhando. Fui a todos os boticários da cidade. Todas as vezes eu trouxe alguma coisa. Todas as vezes vinha escrito em um papel que era para eu devolver. Nenhum era o que ele queria. Esse remédio deve ser alguma droga poderosa, doutor... Seja para o que for, ele precisa muito!

— Você tem algum desses papéis? — perguntou o Dr. Utterson.

Poole imediatamente pegou um papel amassado do bolso, alisou-o e entregou ao advogado.

Dr. Jekyll envia saudações aos Srs. Maw.

Ele afirma que a última amostra recebida é impura e inadequada ao presente propósito. O Dr. J. já adquiriu uma quantidade razoável dessa fórmula no passado. Ele pede agora para que procurem com urgência qualquer quantidade do mesmo produto e da mesma qualidade. Mandem o quanto antes. Não importa o custo. O Dr. J. tem extrema necessidade deste medicamento.

Até este ponto, o bilhete estava escrito de maneira normal e uniforme, mas depois disso via-se um risco torto, como se a mão que escrevia tivesse tremido. A última frase deixava claro o estado de ansiedade da pessoa:

Pelo amor de Deus... arranjem um pouco do estoque antigo.

— O homem da Maw ficou muito zangado, doutor, e atirou o bilhete de volta para mim, como se fosse algo sujo e repulsivo — Poole relatou.

Utterson tentava não demonstrar seu pavor. Aquilo tudo era muito estranho. Tinha certeza de que a voz não era do seu amigo Jekyll.

— Esta letra é do seu patrão?

— Que importância tem a letra? — Poole estava quase gritando. De pálido, seu rosto agora ficara vermelho, como se o sangue fosse saltar pelos olhos. — Eu o vi! Acho que ele saiu da sala de dissecações para procurar o tal remédio. Estava remexendo nas caixas. Quando entrei na sala pelo jardim, ele me olhou, soltou uma espécie de uivo e desapareceu escada acima.

Utterson lembrou-se do dia em que estava conversando com o Dr. Jekyll na janela. Os pelos de sua nuca se arrepiavam só de lembrar. Tentou parecer calmo. A última coisa que podia acontecer ali era os dois se desesperarem.

— Foi só por alguns segundos que eu o vi, mas o suficiente para ficar paralisado de medo. Se aquele era o meu patrão, por que ele estava usando máscara? Se era o meu patrão, por que uivou como um lobo e fugiu?

Poole passou a mão pelo rosto.

— Tudo isso é muito estranho — sussurrou Utterson. — Acho que seu patrão, Poole, está sofrendo de uma dessas doenças que deformam o paciente. Isso explica a alteração da voz. Explica a máscara e por que ele está evitando as pessoas. Mais ainda! Explica a ansiedade pelo remédio, que deve ser sua esperança de cura. É triste, Poole, e assustador, mas faz com que tudo tenha sentido.

— Doutor — disse o mordomo, empalidecendo mais ainda —, aquilo não era o meu patrão, eu lhe garanto. Meu patrão... — ele olhou ao redor e baixou a voz para um sussurro — ... é um homem alto, forte, e esse outro é praticamente um anão.

Utterson ia começar a falar, mas Poole o interrompeu.

— Doutor, trabalho aqui há vinte anos. Acha que não sei que altura da porta a cabeça dele alcança, tendo visto esta cena todas as manhãs nos últimos vinte anos da minha vida? Não, doutor, aquela criatura de máscara não era o Dr. Jekyll... Só Deus sabe quem era, mas não era o Dr. Jekyll. Eu sinto, no meu coração, que houve um assassinato.

— Poole, por mais perplexo que eu esteja com este bilhete que parece provar que ele ainda está vivo, considero meu dever arrombar aquela porta. Você me ajuda?

O mordomo fez um sinal afirmativo com a cabeça e em seguida falou:

— Tem um machado na sala de dissecações. O senhor também pode levar o atiçador da cozinha.

Utterson pegou o machado.

— Você tem noção, Poole, de que estamos prestes a colocar nossa vida em perigo?

— Eu sei, doutor — respondeu o mordomo.

— Essa figura mascarada que você viu... você reconheceu a pessoa?

— Bem, doutor, foi tão rápido, e a criatura estava tão encolhida que eu não posso jurar — foi a resposta. — Mas se o senhor está imaginando que era o Sr. Hyde, sim, eu acho que era! O tamanho, a agilidade... e quem mais poderia ter entrado pela porta do laboratório? Ele tem a chave. — Com o semblante fechado, perguntou:

— O senhor alguma vez viu o Sr. Hyde?

— Sim — disse o advogado. — Falei com ele uma vez.

— Então deve saber, tão bem quanto nós, que tem algo muito estranho naquele homem. Não sei o que é, mas me dá calafrios só de pensar nele.

— Em mim também — assentiu o Dr. Utterson.

— Pois então, doutor... quando aquela coisa usando máscara pulou feito um macaco entre os equipamentos e as caixas e praticamente voou para dentro do escritório, senti meu corpo tremer inteiro. Sei que isso não quer dizer nada. Não serve como evidência, mas eu sinto, no fundo da minha alma, que era o Sr. Hyde!

— Minha intuição diz o mesmo. Eu sempre senti que havia algo maligno nessa ligação entre Jekyll e o Sr. Hyde. — Coçou a nuca. — Eu também acredito que Henry esteja morto.

Em seguida, pediu a Poole que chamasse um dos empregados, Bradshaw. Estava muito pálido e trêmulo quando chegou.

— Calma, Bradshaw — disse o advogado. — Sei que esta situação está sendo difícil para todos vocês, mas pretendemos pôr um ponto final em tudo isso. Poole e eu vamos entrar no escritório, mesmo que seja à força. — Pigarreou. — Caso alguma coisa saia errada, quero que você dê a volta por fora e fique de prontidão na porta do laboratório, armado com um bastão.

Depois que Bradshaw se afastou, o advogado olhou seu relógio.

— Agora, Poole, vamos nos preparar — disse ele.

Segurando o atiçador debaixo do braço, ele foi para o pátio, seguido por Poole. A lua encoberta contribuía para a escuridão do lado de fora. Com passos rápidos, entraram na sala de dissecações. Ali, sentaram-se para esperar em silêncio. O silêncio era aterrador. Só era interrompido pelo som de passos no andar superior, como se a pessoa que estava lá andasse de um lado para o outro.

— É assim o dia todo, doutor — Poole sussurrou. — E parte da noite, também. Só para quando chega alguma amostra do farmacêutico.

Poole continuou:

— Esses dias atrás eu o ouvi chorar.

— Chorar? — Um calafrio de horror correu pela espinha do Dr. Utterson.

— Era um lamento dolorido, arrastado, como uma mulher, ou como uma alma perdida — explicou o mordomo. — Era tão sofrido que eu mesmo quase chorei também.

Dez minutos já haviam passado. Poole pegou o machado e uma vela foi colocada sobre a mesa mais próxima para iluminar a sala. Eles subiram os degraus com a respiração suspensa. Não queriam fazer nenhum barulho. O som dos passos incessantes no silêncio da noite estava cada vez mais perto.

— Jekyll! — Utterson chamou, com voz alta e firme. — Preciso falar com você!

Esperou por alguns segundos, mas não houve resposta.

— Estou avisando, você está despertando nossas suspeitas com esse comportamento! Preciso e vou falar com você. Se não for por bem, será por mal! Ou você abre a porta ou serei obrigado a arrombá-la.

— Utterson! — falou a voz lá de dentro. — Pelo amor de Deus, tenha misericórdia!

— Essa voz não é de Jekyll, Poole, é de Hyde! — Utterson sussurrou para o mordomo. — Vamos arrombar a porta!

Poole apoiou o machado sobre o ombro e atirou-o para a frente com um forte golpe. As paredes tremeram e o revestimento de feltro vermelho da porta se soltou da fechadura e das dobradiças.

Ouviram um guincho angustiado. Era como de um animal aterrorizado. Poole golpeou novamente a porta com o machado e o batente entortou. Deu mais quatro machadadas na porta, mas a madeira era sólida e toda a estrutura muito bem construída. Foi somente no quinto golpe que a fechadura se soltou e a porta despencou sobre o tapete.

Os dois homens recuaram um pouco. Espiaram para dentro do escritório. Aparentemente estava tudo em ordem: o abajur aceso, o fogo crepitando na lareira, a chaleira exalando vapor, uma ou duas gavetas abertas, os papéis arrumados sobre a escrivaninha e, perto do fogo, a mesinha de chá preparada. Um cômodo como qualquer outro. A não ser pelos armários de vidro e pelos produtos químicos.

Quando olharam mais para o centro da sala, quase saíram correndo. Havia um homem de bruços, se contorcendo. Utterson e Poole encheram-se de coragem e foram se aproximando, pé ante pé. Como o homem não esboçou nenhuma reação, os dois viraram o corpo dele. Edward Hyde! Os músculos do rosto ainda se moviam, mas ele já estava morto. Pela ampola esmagada na mão de Hyde e pelo forte cheiro de amêndoa no ar, Utterson soube que estava olhando para o corpo de um homem que havia se matado!

— Chegamos tarde demais — o advogado falou. — Não podemos fazer mais nada. Agora só nos resta encontrar o corpo de seu patrão.

Utterson e Poole vasculharam todas as salas dali, para ver se encontravam Jekyll. Tudo estava vazio, com poeira acumulada no batente das portas. Pelo jeito, estavam fechados há bastante tempo. O porão estava cheio de serragem, com uma enorme teia de aranha intacta na entrada. Não havia, em parte alguma, vestígios de Henry Jekyll, vivo ou morto.

Poole pisou com força nas tábuas do corredor.

— Ele deve estar enterrado aqui — disse, prestando atenção ao barulho.

— Ou ele pode ter fugido — disse Utterson, virando-se para examinar a porta que dava para a rua.

Estava trancada. Perto dela, no chão, encontraram uma chave bastante enferrujada.

— Não parece ter sido usada recentemente — observou o advogado.

— Doutor! — exclamou Poole. — Não vê...? Está quebrada! Parece até que foi pisoteada...

Os dois homens se entreolharam, alarmados.

— Que estranho! Vamos voltar ao escritório. Se queremos descobrir alguma coisa, é lá que conseguiremos informações.

Subiram a escada em silêncio, sem deixar de olhar, apreensivos, para o cadáver. Começaram a examinar minuciosamente o escritório. Em uma mesa, havia vestígios de produtos químicos, montículos de sal branco sobre lâminas de vidro, como se estivessem prontos para um experimento.

— Esta é a droga que tenho trazido para ele — disse Poole.

Nesse instante, o conteúdo da chaleira transbordou, e eles foram para perto da lareira. Ali, a poltrona estava praticamente encostada e a mesinha de chá preparada, o açúcar já na xícara. Havia vários livros numa prateleira. Um deles estava ao lado do aparelho de chá. Utterson surpreendeu-se ao descobrir que era um exemplar de uma obra religiosa, que Jekyll sempre elogiara muito. Estava rabiscada com blasfêmias aterradoras, escritas com a caligrafia dele.

Sobre uma pilha de papéis, na escrivaninha, estava um envelope com o nome do Dr. Utterson. Era a letra de Jekyll. O advogado o abriu e outros envelopes menores caíram no chão. O primeiro era um testamento, escrito nos mesmos termos excêntricos do outro, para servir de testamento no caso de morte e como instrumento de doação no caso de desaparecimento. Porém, no lugar do nome de Edward Hyde, o advogado leu, estarrecido, o nome de Gabriel John Utterson. Seu próprio nome! Ele olhou para Poole e de volta para o papel, e por fim para o homem morto no carpete.

— Minha cabeça está zonza — disse ele. — Esse homem, Hyde, está aqui há dias, de posse deste documento... Ele não tem motivos para gostar de mim. Deve ter ficado indignado por ter sido preterido, o testameno anterior o favorecia. E no entanto ele não destruiu o documento.

Utterson pegou outro envelope. Era um bilhete do médico, com a data no cabeçalho.

— Oh, Poole! — exclamou o advogado. — Ele estava vivo hoje, e aqui! Não pode ter sido morto. E seu corpo desaparecido em tão pouco tempo! Ele deve estar vivo, deve ter fugido! Mas por quê? — Apontou para o corpo no chão. — No caso de Hyde, será que podemos declarar isto como suicídio? Precisamos ter cautela. Pressinto que corremos o risco de envolver seu patrão numa terrível desgraça.

— Por que não lê, doutor? — perguntou Poole.

— Porque tenho medo — respondeu o advogado, com sinceridade. — Torço para que meu receio seja infundado!

Então olhou para o papel e começou a ler:

Utterson,

Quando isto chegar às suas mãos, eu não estarei mais aqui. Terei desaparecido, sob quais circunstâncias não tenho como prever. Mas minha intuição e todas as circunstâncias me dizem que o fim é certo e próximo. Portanto, leia primeiro a narrativa que Lanyon me disse que lhe entregaria. E então, se quiser saber mais, leia a confissão deste seu indigno e infeliz amigo,

Henry Jekyll.

— Há mais um envelope? — perguntou Utterson.

— Aqui, doutor. — Poole entregou a ele um envelope com vários lacres.

O advogado o guardou no bolso.

— Eu não comentaria com ninguém sobre isto. Se seu patrão fugiu, ou se estiver morto, podemos pelo menos poupar o nome dele. São dez horas... Preciso ir para casa e ler estas cartas com calma. Mas estarei de volta antes de meia-noite. Só então chamaremos a polícia.

Saíram e trancaram a porta do laboratório. Utterson passou novamente pelo *hall*, onde os criados continuavam reunidos ao redor do fogo. Retornou a seu escritório, sentindo como se suas pernas pesassem uma tonelada. Acomodou-se na cadeira, diante da escrivaninha. Finalmente desvendaria todo aquele mistério.

9
A NARRATIVA DO DR. LANYON

No dia 9 de janeiro, quatro dias atrás, recebi pelo correio da noite um envelope registrado. A letra era de Henry Jekyll e estava endereçado a mim. Fiquei bastante surpreso, pois nunca tivemos o hábito de nos corresponder e eu havia jantado com ele, um dia antes. Fiquei imaginando que assunto justificaria a formalidade de uma carta. Ao começar a ler, fiquei ainda mais surpreso.

Londres, 10 de dezembro de 18—

Caro Lanyon,

Você é um dos meus amigos mais antigos. Embora tenhamos divergido algumas vezes sobre questões científicas, não me lembro, pelo menos de minha parte, de algum tipo de abalo em nossa amizade. Nunca houve um dia em que, se você me dissesse "Jekyll, minha vida, minha honra e meu juízo dependem de você", eu não teria sacrificado minha mão esquerda para ajudá-lo. Lanyon, a minha vida, minha honra e meu juízo estão agora em suas mãos. Se não fizer o que vou lhe pedir esta noite, estarei perdido.

Peço que cancele ou adie todos os seus compromissos para esta noite e venha para minha casa. Não se esqueça de trazer esta carta. Poole, meu mordomo, já foi orientado. Ele estará à sua espera, junto com um serralheiro. A porta do meu escritório deverá ser forçada e você entrará sozinho.

Abra o armário de vidro à esquerda (letra E) e arrombe a tranca. Tire a quarta gaveta de cima para baixo (a terceira de baixo para cima) com todo o seu conteúdo: alguns pós, uma ampola e um caderno de anotações. Leve esta gaveta exatamente do jeito que está de volta com você para Cavendish Square.

Esta é a primeira parte da tarefa. Agora, a segunda: volte para sua sua casa, se tudo correr bem, antes da meia-noite. Esteja sozinho em seu consultório à meia-noite. Um homem irá procurar você. Ele se apresentará em meu nome. Entregue a ele a gaveta.

Isto é o que lhe peço. Você terá minha irrestrita gratidão. Mas se insistir numa explicação, verá a importância dessas providências. Caso uma delas não seja realizada, as consequências serão terríveis. Poderá causar a minha morte ou a ruína da minha sanidade mental.

Por mais confiante que eu esteja de que você fará o que estou pedindo, meu coração bate mais forte e minha mão treme só de pensar que algo pode dar errado. Se você seguir minhas orientações à risca e pontualmente, meus problemas desaparecerão e tudo não passará de uma má lembrança. Atenda meu pedido, Lanyon. Salve-me!

H. J.

P.S.: Eu já tinha fechado o envelope quando um temor veio a minha mente. Se o correio atrasar a entrega, esta carta só chegará às suas mãos amanhã de manhã. Neste caso, realize a tarefa quando for mais conveniente para você no decorrer do dia. Espere meu mensageiro à meia-noite. Mas poderá ser tarde demais. Se ninguém aparecer, você saberá que esta carta foi a última notícia que você teve de Henry Jekyll.

Depois de ler a carta, tive certeza de que meu amigo enlouquecera. Mas enquanto isso não ficasse provado, eu me sentia na obrigação de atender ao pedido. Não dava para ignorá-lo sem que eu sentisse uma enorme responsabilidade.

Estava me sentindo cansado, como se carregasse toneladas de pedras nas costas. Levantei-me e chamei uma carruagem de aluguel. Fui diretamente para a casa de Jekyll. O mordomo estava de prontidão, à minha espera. Ele também recebera uma carta com instruções e já mandara chamar um chaveiro e um marceneiro. Os dois homens chegaram logo em seguida, enquanto Poole e eu ainda conversávamos. Fomos, os quatro, ao escritório particular de Jekyll.

A porta era forte, sólida e maciça, e a fechadura era de excelente qualidade. O marceneiro avisou que seria bem trabalhoso removê-la e que não seria possível fazê-lo sem danificar a madeira e toda a estrutura. O chaveiro ficou à beira do desespero. Era um rapaz habilidoso. Depois de duas horas de trabalho, a porta foi aberta.

O armário marcado com a letra E foi destrancado. Tirei a gaveta, cobri com palha, embrulhei-a num pano e voltei com ela para minha residência em Cavendish Square. Levei a gaveta para o meu consultório e examinei o conteúdo. Os pós estavam organizados, mas não com o mesmo cuidado e minúcia de um boticário. Então percebi que aquilo era produção particular de Jekyll. Quando abri um dos invólucros, encontrei o que me pareceu sal cristalino branco. A ampola continha, até a metade, uma solução vermelha, cor de sangue, de aroma extremamente ácido. O caderno era de capa dura e não continha muita informação além de uma série de datas, mas notei que os registros cessaram abruptamente no ano anterior. Havia uma ou outra anotação embaixo de algumas datas, e uma das primeiras era "fracasso total!!!". Tudo isso, embora fosse intrigante e instigasse a minha curiosidade, significava muito pouco para o meu entendimento. Ali estava uma ampola com uma substância química, um envelope de papel contendo o pó branco e o registro de uma série de experimentos que não haviam levado a um resultado prático. Até onde eu entendia.

Como a presença daqueles itens em minha casa poderia influir na honra ou na sanidade ou na vida de meu colega? Se o tal mensageiro podia ir a um lugar, por que não podia ir a qualquer outro? E, mesmo levando em conta algum tipo de impedimento, por que esse senhor tinha de ser recebido por mim em segredo? Quanto mais eu pensava, mais convencido ficava de que Jekyll fora tomado pela insanidade.

Meus criados já estavam recolhidos. Carreguei um revólver e o guardei no bolso, caso precisasse me defender.

Meia-noite em ponto ouvi o barulho da aldrava[4] na porta. Fui abrir e lá estava um homem agachado, encostado em uma das colunas da entrada.

— O senhor vem da parte do Dr. Jekyll? — indaguei.

Ele gesticulou que sim, um pouco constrangido. Quando o convidei para entrar, ele primeiro olhou para trás, para a praça escura. Havia um policial não muito longe dali, vindo na direção da minha casa com a lanterna acesa. Tive a impressão de que meu visitante estremeceu. Entrou apressado, como um fugitivo.

A impressão que tive dele foi muito desagradável. Enquanto eu o seguia para dentro do consultório, levei a mão ao bolso e segurei o cabo do revólver. Ele era um homem pequeno, franzino, de expressão assustada. Respirava depressa demais, como se lhe faltasse o ar.

[4] Peça de bronze ou latão fixada na porta de entrada das casas, para ser batida para anunciar a chegada de um visitante.

O sujeito, que desde o primeiro momento me despertara uma repulsiva curiosidade, estava vestido de maneira ridícula para uma pessoa comum. Apesar da boa qualidade e do bom gosto do tecido, as roupas eram grandes demais para ele. As calças tinham as pernas enroladas, para não arrastarem no chão. O paletó chegava abaixo dos quadris. O colarinho da camisa era largo demais. Em outra situação, eu teria caído na gargalhada ao vê-lo. Estranhamente, não senti vontade de rir. Havia algo anormal naquele homem. Uma monstruosidade que não era aparente. A criatura, que agora me olhava fixamente, inspirava apreensão, surpresa e revolta. Além de um estranho interesse pela sua personalidade e grande curiosidade quanto a sua origem, sua vida, suas atividades e sua posição no mundo.

Essas observações, embora tenham ocupado tanto espaço em meu texto, foram o resultado de apenas alguns segundos de observação. Meu visitante estava, de fato, inquieto. Havia nele algo de sombrio e mau.

— Você trouxe? — ele gritou. — Trouxe?!

Sua impaciência era imensa. Segurou meu braço e o sacudiu de leve.

Senti meu sangue gelar nas veias. O local que ele tocara parecia em brasas. E o afastei.

— O senhor se esquece de que ainda não tive o prazer de conhecê-lo? Sente-se, por favor — pedi.

Sentei em minha cadeira, como se estivesse conversando com um paciente. Tentava agir com naturalidade, mesmo com o horror e o medo que o visitante me inspirava.

— Perdão, Dr. Lanyon — ele respondeu com cordialidade. — O senhor tem razão. Minha ansiedade ultrapassou meus bons modos. Estou aqui representando seu colega, Dr. Henry Jekyll, sobre um assunto urgente. — Levou a mão ao pescoço e percebi que fazia um grande esforço para controlar seus impulsos e mostrar-se amável. — Parece-me que vim buscar uma gaveta que está em suas mãos.

Nesse momento até me compadeci do angustiado visitante.

— Ali está, senhor — falei, apontando para a gaveta, que estava no chão atrás de uma mesa e ainda embrulhada no pano.

O homem saltou na direção da gaveta. Parou e levou a mão ao peito. Eu podia ouvi-lo rangendo os dentes, tamanha a tensão que o dominava. Seu semblante estava transtornado. Temi que algo grave pudesse lhe acontecer.

— Calma, senhor — aconselhei.

Ele virou-se com um sorriso pavoroso no rosto. Como se tomasse uma decisão por puro desespero, arrancou o pano. Ao ver o conteúdo da gaveta, deu um suspiro de alívio tão alto que me reclinei na cadeira, petrificado. No momento seguinte, com a voz já sob controle, perguntou:

— O senhor tem um frasco que contenha graduação?

Eu me levantei. Peguei o tipo de frasco que ele pedia. E entreguei em suas mãos. Ele me agradeceu com um aceno de cabeça e um sorriso. Mediu uma pequena quantidade da substância vermelha e acrescentou um pouco de pó. A solução, que a princípio tinha um matiz avermelhado, começou a adquirir uma tonalidade mais forte e brilhante à medida que os cristais se dissolviam. A efervescência fazia um estranho barulho e exalava um vapor de cheiro insuportável. Quando a ebulição cessou, a coloração do líquido era vermelho-escura. Aos poucos, porém, foi se transformando em um verde aquoso. Meu visitante, que observara a metamorfose com olhar atento, sorriu. Colocou o recipiente sobre a mesa. Olhou para mim como se estivesse me analisando da cabeça aos pés.

— Você me deixará pegar este frasco e sair de sua casa sem responder nenhum tipo de pergunta? Ou sua curiosidade é forte demais? — Deu um sorriso diabólico e continuou: — Pense antes de responder. É uma decisão que não tem volta. Só sua. Dependendo da sua decisão, você continuará a ser como é. Nem mais rico, nem mais sábio.

Fez uma pausa. Seus olhos tinham um brilho estranho. Em seu rosto, uma expressão aterrorizante. Continuou:

— Ou, então, um novo panorama de conhecimento e poder se abrirá para você, aqui, nesta sala e neste instante. Você presenciará algo que nunca pode imaginar.

Respondi simulando uma indiferença que estava longe de sentir:

— O senhor fala por enigmas. Talvez não imagine que eu seja capaz de presenciar o que chama de impossível. Mas confesso, quero ver o final.

Meu visitante assentiu com a cabeça.

— Muito bem. Lanyon, você se lembra de nosso juramento, quando nos formamos? O que acontecer a seguir pertence ao sigilo de nossa profissão. Agora, você, que há tanto tempo dá mais valor às visões mais estreitas e materiais, que nega a virtude da medicina transcendental, que no passado ridicularizou seus superiores interessados em pesquisar o desconhecido, você, Lanyon, preste atenção!

O sujeito levou o frasco aos lábios e bebeu de um só gole. Em seguida, gritou. Cambaleou. Segurou-se na mesa. Agarrou-se a ela com os olhos arregalados, a boca aberta. A respiração ruidosa e exalando um odor horrível. Conforme eu observava, começou a ocorrer a mudança. Ele pareceu inchar, crescer, o rosto escureceu de repente e as feições se alteraram. No momento seguinte eu pulei para trás da cadeira. E me encostei à parede, incrédulo e aterrorizado.

— Oh, Deus! — gritei sem parar.

Ali, diante dos meus olhos, pálido e semidesfalecido, tateando com as mãos estendidas, semelhante a um homem recém-ressuscitado do túmulo, estava... Henry Jekyll!

O que ele me contou na meia hora seguinte eu simplesmente não consigo colocar no papel. Eu vi o que vi, ouvi o que ouvi e não gosto de lembrar. Mesmo agora, quando a cena já perdeu um pouco da intensidade em minha mente, quando eu me pergunto se acredito, não sei responder. Minha vida está estremecida, o sono me abandonou. Vivo aterrorizado todas as horas, dia e noite. Sinto como se meus dias estivessem contados, que morrerei em breve. E ainda assim morrerei incrédulo.

Eu lhe digo uma coisa, Utterson, e isto (se você conseguir acreditar) será mais do que suficiente. A criatura que se esgueirou para dentro da minha casa naquela noite era, pela confissão do próprio Jekyll, conhecido pelo nome de Hyde. É procurado em todos os cantos do país como o assassino de Carew.

Hastie Lanyon

10
RELATO COMPLETO DE HENRY JEKYLL SOBRE O CASO

Nasci em 18——, saudável, em uma família respeitada e bem-sucedida no ramo da indústria. Meus pais eram bem relacionados com a alta sociedade. Frequentavam os mais nobres eventos da cidade. Era de se esperar que eu tivesse um futuro brilhante e distinto. Minha personalidade alegre, descontraída e impaciente demais às vezes me atrapalhava nos momentos em que eu precisava mostrar que era uma pessoa séria, confiável. Já adulto, passei a esconder minhas emoções. A dissimular o que sentia, a ocultar meus pequenos prazeres. Refleti sobre minha ascensão pessoal e profissional. Nesse momento tive certeza de que já vivia uma vida dupla. Havia uma pessoa que fazia parte da sociedade, que interagia com o mundo. E outra que vivia dentro de mim.

Apesar de ter duas faces, eu não era, de maneira alguma, hipócrita. Meus dois lados eram absolutamente sinceros. Quando deixava de me reprimir e mergulhava na vida desregrada, mostrava uma face. Quando trabalhava no avanço do conhecimento ou no alívio da dor e do sofrimento, deixava a outra transparecer. Nunca as duas surgiam juntas. Foi assim que dentro de mim abriu-se um fosso profundo entre o bem e o mal.

O rumo de meus estudos científicos, para o lado místico e transcendental, fez com que a cada dia eu tomasse mais consciência de meu próprio conflito interno. A cada dia, eu descobria que não era apenas um homem. Era dois. Eu digo dois porque o estado de meu conhecimento não ultrapassava esse ponto. Arrisco um palpite: no futuro o homem será finalmente conhecido como um mero sistema de cidadãos múltiplos, incoerentes e independentes.

Minha vida caminhou em uma direção. Somente uma. Mas dentro de mim mesmo descobri que o bem e o mal podem morar no interior de um mesmo homem. Que um quer fazer o bem, ajudar as pessoas. O outro deseja colocar para fora seus sentimentos mais horríveis, mais mesquinhos. E eu, mesmo mostrando só um, sabia que era apenas fachada. Dois homens existiam em mim. Impossível negar! Sentimentos antagônicos moravam em meu interior.

Desde muito cedo, antes de me dedicar aos estudos científicos, eu sonhava acordado com a ideia de conseguir separar um do outro. Se cada um deles pudesse habitar em uma identidade diferente, o bem e o mal se separariam. Cada um seguiria seu caminho. Era uma maldição que dois seres completamente diferentes estivessem unidos no mesmo corpo. Atormentando sua consciência, continuamente em conflito. Mas como dissociar os dois?

Estava pensativo no laboratório, quando surgiu uma ideia. Alguns agentes químicos têm o poder de arrancar nossa pele, de desfazer nosso corpo. Não poderia trabalhar em uma experiência libertadora?

Por dois bons motivos, não me aprofundarei na parte científica da minha confissão. Primeiro, porque aprendi que nesta vida todo homem tem um destino a cumprir e um fardo a carregar. Quando tentamos nos livrar deles, retornam para nós com uma força ainda mais terrível e desconhecida. Segundo, porque, com a narrativa, ficará evidente que minhas descobertas estavam incompletas.

Hesitei bastante antes de testar essa teoria e colocá-la em prática. Tinha consciência de que corria o risco de morrer. Uma droga tão potente, capaz de controlar e abalar a solidez da identidade, poderia, por menor que fosse o descuido na dose, ou por algum pequeno equívoco no momento da exposição, proporcionar um resultado muito diferente do que eu desejava.

Durante bastante tempo essa ideia não saiu da minha cabeça. A tentação de fazer uma descoberta tão inédita e profunda acabou vencendo os sinais de perigo. Eu já deixara a solução preparada fazia tempo. Comprei uma grande quantidade de um sal químico que, eu sabia, por meus experimentos, ser o único ingrediente que faltava. Então, certo dia, tarde da noite, combinei os elementos e observei-os efervescer e fumegar num tubo de ensaio. Quando a ebulição cessou, tomei coragem. Bebi a poção.

Foram muitos os efeitos. Caí no chão. Senti dores horrorosas. Os ossos pareciam se partir em pedaços. Veio uma náusea fortíssima. Pensei que meu estômago fosse sair pela boca. Parecia haver uma tonelada sobre o meu peito. Perdi o ar. Senti uma intensa angústia. Mas rapidamente todas essas sensações foram desaparecendo. Parecia que eu havia me recuperado de uma terrível doença.

Então, algo novo e desconhecido tomou conta de mim. Uma sensação agradável, que eu não conseguia explicar. Me senti mais jovem, mais leve, mais ágil e feliz. Eu fora, confesso, irresponsável. Mas em vez de ficar preocupado, estava leve. Em minha imaginação, passavam inúmeras imagens sensuais. Parecia não haver mais nem dever nem obrigação. Era uma liberdade desconhecida, porém não inocente. Eu me reconheci, ao primeiro fôlego desta nova vida, como alguém maldoso, extremamente perverso. Essa noção, naquele momento, me fortaleceu e me deixou extasiado. Estendi as mãos, exultante com a novidade daquelas sensações. Ao fazer isso, percebi que tinha perdido estatura.

Naquela época, não havia espelho na minha sala. Este que está aqui agora a meu lado enquanto escrevo foi trazido depois, justamente para acompanhar tais transformações.

Já era madrugada. Os moradores de minha casa dormiam profundamente. Entusiasmado, com um sentimento de esperança e triunfo, fui até o meu quarto. Atravessei o pátio sob as constelações no firmamento. Imaginei, maravilhado, que provavelmente eu era a primeira criatura daquela espécie que as estrelas já viram. Eu me esgueirei pelos corredores, um estranho em minha própria casa. Ao chegar ao meu quarto, vi pela primeira vez a aparência de Edward Hyde.

O lado maligno da minha natureza que eu havia incorporado era menos robusto e menos desenvolvido do que o lado bom que eu acabara de descartar. Toda a minha vida fora noventa por cento marcada por esforço, virtude e controle. O lado que eu acabara de assumir era bem menos exercitado. E era por isso, penso eu, que Edward Hyde era tão menor, mais franzino e mais jovem que Henry Jekyll. Também dava para perceber a diferença nas feições. Enquanto o semblante de um estampava o mal, o bem era claramente perceptível no outro. Além disso, a malignidade havia deixado na aparência daquele ser uma impressão de deformidade e decadência. Mas eu não sentia repugnância. Ao contrário. Aquele também era eu! E me parecia natural e humano. Aos meus olhos, ele possuía uma imagem mais vívida do espírito. Parecia mais expressivo e especial do que o semblante austero que eu estava habituado a ter. Mais tarde, observei que, quando eu era Edward Hyde, todos os que se aproximavam de mim demonstravam uma perceptível apreensão. Imagino que seja porque todos os seres humanos são uma combinação do bem e do mal, e Edward Hyde, na classificação da Humanidade, era o mal puro.

Fiquei algum tempo na frente do espelho. O segundo e conclusivo experimento ainda precisava ser testado. Ainda precisava descobrir se havia perdido irreversivelmente minha identidade e precisava fugir, antes que amanhecesse, de uma casa que já não era minha. Então voltei ao escritório e mais uma vez preparei e bebi a poção. Novamente vieram os dolorosos efeitos da dissolução. Voltei a ter a personalidade, a estatura e a fisionomia de Henry Jekyll.

Naquela noite eu chegara à encruzilhada fatal. Se tivesse realizado o experimento com aspirações mais generosas ou piedosas, tudo teria sido diferente. Eu teria emergido dessas agonias de morte e nascimento como um anjo, em vez de um demônio. A droga não tinha ação discriminatória, não era diabólica nem divina. Apenas sacudia as grades da prisão de minha disposição. Mas meu lado pérfido e ambicioso estava alerta, ávido para aproveitar a ocasião. Quem se destacou foi Edward Hyde. Embora eu agora pudesse ter duas personalidades e duas aparências, elas eram opostas. Uma extremamente maligna e a outra, eu mesmo, o virtuoso Henry Jekyll. Assim, Hyde encontrou o espaço para emergir.

Naquela época, estava insatisfeito com a vida que levava. E sabia que podia ser outro homem. Permanecia o desejo de experimentar prazeres pouco dignos. Mas, na sociedade de Londres, eu era conhecido. Entrava na velhice. Meu comportamento respeitável era conhecido por todos.

Tornar-me desconhecido. Dar voz àquela vida que sempre silenciei era uma tentação muito grande. Assim, tornei-me escravo da minha própria descoberta. Era um imenso poder. Ser dois! Bastava tomar uma dose, despir-me do corpo do distinto professor. Assumir, como se vestisse uma capa grossa e pesada, o corpo de Edward Hyde.

A ideia me fazia sorrir. Na época me parecia interessante, divertida. Então, fiz meus preparativos para viver duas vidas. Minha casa tinha uma entrada pelos fundos, com cômodos espaçosos. Mobilei essa parte, até então pouco utilizada. Contratei como empregada uma mulher que eu conhecia bem. Era discreta, silenciosa, e sem muitos escrúpulos. Avisei meus criados daqui que um certo Sr. Hyde, que descrevi para eles, tinha autorização e plena liberdade para entrar e sair do meu laboratório. Disse, inclusive, que eu deixara com ele uma cópia da chave da porta dos fundos. Depois, redigi aquele testamento ao qual você fez tanta objeção. Minha intenção era que, caso algo acontecesse a mim mesmo, como Jekyll, eu pudesse incorporar Edward Hyde sem perda financeira. Achava que tudo estava muito bem planejado. Comecei então a ter uma vida realmente dupla.

Contratar bandidos para executar crimes e manter a reputação protegida é muito comum entre os homens endinheirados, você sabe. Mas eu fui o primeiro a fazer isso da maneira mais espetacular. Foi muito divertido. Eu era o senhor respeitável, mas também o monstro. Podia ser um senhor afável ou agir como um rapaz sem moral. Pense bem, eu nem mesmo existia. Bastava escapar para dentro do laboratório, misturar e beber a solução e pronto! Qualquer coisa que Edward Hyde fizesse não me causava o menor problema. Ele desaparecia num passe de mágica. E lá, em seu lugar, sossegado em casa, ajeitando o abajur em seu escritório, estaria Henry Jekyll, o homem que podia se dar ao luxo de rir secretamente das suspeitas de todos.

Os prazeres que eu buscava sob meu disfarce eram tudo, menos nobres. Nas mãos de Edward Hyde eles logo começaram a tender para o monstruoso. Quando voltava das maléficas excursões, geralmente era envolvido por uma espécie de admiração e assombro pelos atos de depravação praticados. Aquele ser que eu trazia à vida de dentro da minha própria alma era vil e perverso. Extremamente egocêntrico em cada pensamento e em cada ato que praticava. Tinha prazer em fazer os outros sofrerem. Quanto mais horrendo, mais ficava feliz. Quanto maior o grau de tortura que impusesse aos outros, mais poder sentia. Tinha uma avidez enorme pela brutalidade. Era implacável como um homem de pedra. Por vezes, Henry Jekyll ficava horrorizado com a maldade de Edward Hyde. Mas seu sentimento de culpa acabava se dispersando. Afinal era Hyde o culpado, não ele. Jekyll continuava sendo um homem bom. No dia seguinte, ao acordar, suas qualidades estavam inabaladas. Chegava até a se empenhar para desfazer o mal praticado por Hyde. Assim, ficava com a consciência tranquila.

Quanto aos detalhes de todas as aberrações que Hyde cometeu, e com as quais sou conivente, penso que é melhor não detalhá-las. É importante, para mim, ressaltar que recebi meu castigo. Vivenciei um incidente que, como não trouxe consequências, irei mencionar por alto. Mas que me alertou para ser bem mais cauteloso. Um ato de crueldade com uma criança despertou contra mim a indignação de um passante, que no dia seguinte eu reconheci como um parente seu. O médico e a família da criança ficaram do lado dele, é claro. Houve uma discussão. Ameaças. E, no final, para pacificar o justificado ressentimento deles, Edward Hyde foi obrigado a trazê-los até a porta dos fundos. Enquanto esperavam, fez um cheque e assinou como Henry Jekyll, pois nossas letras eram idênticas. Para não levantar novas suspeitas, abri uma conta em outro banco em nome de Hyde. Forcei para cima minha caligrafia normalmente inclinada. Assim, criei uma assinatura para o homem que era minha duplicata. Concluí que estava a salvo.

Cerca de dois meses depois eu tinha saído para visitar meus amigos. Deitei-me como Jekyll. Acordei na manhã seguinte com uma sensação estranha. Olhava ao redor, mas era em vão. Por mais que eu observasse a mobília elegante, o quarto grande e arejado, os tons da cortina e a imponente estrutura de mogno da cama, alguma coisa dentro de mim dizia que eu não estava ali. Que eu não tinha acordado naquele lugar onde eu parecia estar, mas sim no pequeno quarto da casa no Soho, onde me acostumara a dormir no corpo de Edward Hyde.

Ainda estava entregue a esses pensamentos, quando abri os olhos e vi minha mão. A mão de Henry Jekyll, como você várias vezes observou, era profissional no formato e no tamanho: grande, firme, bem-feita, saudável. Mas a mão que eu via naquele momento e com bastante clareza, à luz de uma manhã londrina, semicerrada sobre as cobertas, era magra, nós dos dedos grandes, com algumas manchas roxas e sombreada por uma camada de pelos finos e escuros. Era a mão de Edward Hyde.

Devo ter ficado olhando para minha mão por pelo menos meio minuto, atônito, antes que o terror fizesse meu coração quase sair pela boca. Estava em estado de choque. Saí da cama e corri para o espelho. Ao ver meu reflexo, senti meu sangue se transformar em algo muito esquisito, fino e gelado. Sim, eu tinha ido me deitar como Henry Jekyll e acordado como Edward Hyde. Como se explicava isso? Então me perguntei, com outro sobressalto de terror, como aquilo poderia ser revertido. Já era de manhã, os criados estavam todos de pé, e minhas drogas estavam no escritório. Eu teria de descer dois lances de escada, sair de casa, dar a volta na esquina até a porta dos fundos, atravessar o pátio e o laboratório.

Eu poderia cobrir meu rosto. Mas de que adiantaria isso se eu não podia disfarçar a diferença da minha estatura? Respirei fundo. Senti pela primeira vez que realmente estava encrencado. Então, em seguida uma sensação de alívio tomou conta do meu peito. Um dos meus empregados já estava habituado com o entra e sai de meu segundo eu, e simplesmente resolvi agir sem dar explicações.

Em poucos instantes, me vesti com as roupas de Henry Jekyll. No caminho para sair de casa passei por Bradshaw, que primeiro me olhou espantado, depois se retirou discretamente. Deve ter achado muito estranho ter visto o Sr. Hyde àquela hora e vestido com tanto desleixo. Dez minutos depois, o Dr. Jekyll retornara à sua forma e estava sentado à mesa, com uma ruga na testa, fingindo tomar o desjejum.

Eu estava sem apetite. Aquele incidente inexplicável me deixara abalado. Foi nesse momento que comecei a pensar seriamente sobre as consequências da minha experiência. E, portanto, de minha dupla existência. Nos últimos tempos, eu notara que o físico de Edward Hyde crescera em estatura, como se, quando eu o incorporava, ele ficasse com um pedaço de mim. Nesse momento vi que o perigo estava ali, bem diante do meu nariz. Se o experimento durasse muito tempo, o poder da mudança voluntária poderia acabar. A personalidade de Edward Hyde se tornaria a minha para sempre.

O incidente daquela manhã me fez compreender que se no começo era mais difícil eu me livrar da personalidade de Jekyll, ultimamente a situação se invertera. Tive certeza de uma única coisa: estava aos poucos perdendo meu verdadeiro eu, minha identidade original e meu melhor lado. Estava, sim, incorporando meu outro eu, o lado mau.

Eu sentia que precisava escolher. Minhas duas naturezas tinham uma memória comum. O restante era dividido de maneira desigual. Jekyll, mais complexo, compartilhava os prazeres e aventuras de Hyde. Mas Hyde era indiferente a Jekyll. O interesse de Jekyll era como o de um pai. Hyde se comportava com a indiferença de um filho adolescente.

Incorporar Jekyll significava renunciar aos desejos que por tanto tempo eu havia acalentado secretamente, e que nos últimos tempos começara a conceder a mim mesmo. Incorporar Hyde significava renunciar a inúmeros interesses e aspirações e tornar-me, para sempre, desprezado e sem amigos. Havia outro aspecto a ser considerado: enquanto Jekyll sofria horrores nos períodos de abstinência, Hyde parecia nem ter consciência de tudo o que perdera.

Eu sentia a mesma sensação de alerta que assalta qualquer pecador. Assim, escolhi o lado melhor. Preferi o doutor maduro e insatisfeito, cercado de amigos e esperanças honestas. O adeus à liberdade, à relativa juventude, à descontração, aos impulsos e prazeres secretos que eu vivenciava na personalidade de Hyde foi dolorido. Sabia que estava perdendo algo que me dera muito prazer. Alguma coisa no meu inconsciente fez com que eu permanecesse com a casa no Soho e as roupas de Edward Hyde, que continuavam em meu escritório.

Durante dois meses me mantive determinado. Por dois meses vivi uma vida de retidão e seriedade e usufruí as compensações de uma consciência tranquila. Mas com o tempo comecei a fraquejar. Minhas apreensões já não eram tão fortes. A paz na consciência tornou-se rotineira. Eu sentia muita falta da liberdade de que Hyde desfrutava. Fui vencido pela tentação. Misturei os ingredientes da poção com um sorriso no rosto. Parecia que estava prestes a embarcar numa emoção sem fim. Bebi!

Em nenhum momento pensei nas consequências por assumir a insensibilidade moral e a prática do mal, que eram as principais características de Edward Hyde. E foi justamente por elas que fui punido. Meu demônio ficara muito tempo enjaulado. Quando saiu, estava rugindo. Ainda quando bebia a poção, já senti uma vontade muito grande de cometer alguma maldade. Deve ter sido isso que despertou minha violência enquanto escutava as palavras cordiais da minha vítima. Ninguém, tenho certeza, cometeria aquele crime brutal. A imprensa disse que foi monstruoso. Eu digo mais: foi diabólico. Ataquei com uma fúria insana. Sentia prazer em bater a bengala com toda força que possuía. Foi como se o demônio se apossasse de mim. Com sensação de euforia, espanquei o corpo debilitado, me excitando a cada golpe. Foi somente quando o cansaço começou a tomar conta que eu, no auge do meu delírio, senti um aperto de terror no coração. A névoa que me envolvia se dispersou, e eu me dei conta do que acabara de fazer. Então fugi dali, ao mesmo tempo orgulhoso e apavorado. Minha sede de vingança, minha vontade de ver sangue estava saciada. Corri para a casa que usava como Hyde e destruí minha papelada.

Hyde cantarolou enquanto misturava a poção e, antes de beber, atreveu-se a fazer um brinde ao homem morto. As dores da transformação ainda o dilaceravam quando Henry Jekyll, derramando lágrimas de gratidão e remorso, caiu de joelhos e ergueu as mãos numa prece. O véu da autoindulgência me cobriu da cabeça aos pés, e eu vi minha vida como um todo. A época da infância, quando eu andava na rua segurando a mão do meu pai. Os sacrificantes anos de estudos. A dedicação à vida profissional, para cumprir o juramento que fizera ao sair da faculdade. Por fim, os amaldiçoados horrores daquela noite.

Senti vontade de gritar. Com lágrimas nos olhos, rezei para que aquelas imagens e aqueles sons horrendos evaporassem da minha mente. Em meio às minhas preces, o rosto repulsivo de minha perversidade olhou para dentro de minha alma. Então, tive certeza de que daquele dia em diante, Hyde seria descartado. Eu estava agora confinado à melhor parte da minha existência, e ah, como esse pensamento me trazia alívio! Eu voltaria a ter uma vida tranquila, sem sobressaltos. Com sincera renúncia, tranquei a porta e esmaguei a chave com o pé!

No dia seguinte veio a notícia de que o assassinato fora testemunhado. A culpa de Hyde estava estampada para o mundo. A vítima era um homem público conceituado e estimado. Não fora apenas um crime, fora uma tragédia, uma loucura. Gostei de saber disso. Suspirei aliviado por meus impulsos estarem protegidos. E eu também. Jekyll era agora o meu refúgio. Hyde que se atrevesse a espiar para fora por um instante! As mãos de todos os cidadãos estariam erguidas para matá-lo.

Naquele momento decidi que minha conduta a partir daquele momento seria voltada para me redimir desse passado violento. Você sabe bem como trabalhei, nos últimos meses do ano passado, para aliviar o sofrimento das pessoas. Sabe o que fiz pelos outros. Você mesmo viu como meus dias se passaram com tranquilidade, quase felizes. Não posso dizer que tenha me cansado dessa vida inocente e beneficente. Ao contrário, posso dizer que a cada dia eu a apreciava mais. Mas ainda me amaldiçoava com minha dualidade de caráter. Quando as primeiras arestas de minha penitência se desgastaram, meu lado inferior, violento, por tanto tempo perdoado, começou a rosnar para sair. Não que eu tivesse intenção de ressuscitar Hyde. A simples ideia me fazia tremer. Não, era eu mesmo, em minha própria pessoa, que mais uma vez me sentia tentado a brincar com a minha consciência. E foi como qualquer outro pecador, como tantos que há por aí, que finalmente cedi à tentação.

Para todas as coisas existe um fim. Onde há espaço, ele acaba sendo preenchido. Essa breve condescendência à maldade acabou destruindo o equilíbrio da minha alma. Apesar disso, eu não fiquei alarmado. A queda pareceu-me natural, como um retorno aos tempos antigos.

Era um dia claro e bonito de janeiro. O céu estava sem nuvens, a neve derretera e em alguns pontos havia poças de lama. A atmosfera em Regent's Park era incrivelmente leve. Sentei-me em um banco ao sol. Dentro de mim, parecia haver um animal furioso, que se alimentava das lembranças das maldades que eu fizera quando me transformava em Hyde. Como Jekyll, eu era um homem caridoso, cheio de boa vontade. Pensava nisso quando senti um terrível mal-estar. Enjoo, náusea, suor frio e tremores, que logo passaram. Ficou apenas uma sensação de fraqueza, mas que foi sumindo aos poucos. Foi quando comecei a tomar consciência de uma mudança em meus pensamentos, de uma ousadia, um desdém pelo perigo, um desligamento dos vínculos da obrigação e do dever. Olhei para baixo e vi que minhas roupas tinham se alargado, estavam folgadas em meu corpo encolhido. A mão pousada em meu joelho era feia, nodosa e peluda. Eu era Edward Hyde outra vez.

Um momento antes eu estava em segurança, era respeitado por todos, era rico, estimado, tinha empregados dedicados, que se desdobravam para me agradar. Agora eu era o mais comum dos seres humanos, não tinha mais minha bela casa. Era um homem perseguido. Um assassino notório, fugindo da forca.

Meu bom senso vacilou, mas não falhou totalmente. Minhas drogas estavam em um armário em meu escritório. Como eu poderia chegar até lá? Essa era a questão que eu tentava solucionar. A porta dos fundos estava trancada e eu não tinha mais a chave. Se tentasse entrar pela casa, meus criados me entregariam à polícia. Precisava recorrer a mais alguém e me lembrei de Lanyon. Mas como eu iria abordá-lo? Como iria convencê-lo a me ajudar?

Supondo que eu escapasse de ser capturado nas ruas, como me apresentaria a ele? E como iria eu, um visitante desconhecido e desagradável, fazê-lo entender que eu predominava sobre o prezado colega dele, o Dr. Jekyll?

Então me lembrei que uma parte da minha identidade original permanecia comigo: minha caligrafia. Soube exatamente qual caminho seguir.

Ajeitei minhas roupas o melhor que pude, peguei uma carruagem de aluguel que passava naquele momento e pedi ao condutor que me levasse a um hotel em Portland Street. Ao ver a minha aparência, o homem não conseguiu disfarçar um sorriso de deboche. Rangi os dentes para ele, com um surto de fúria diabólica. O sorriso desapareceu imediatamente, para sorte dele e minha também. Mais um pouco eu certamente o teria arrancado do assento pelo pescoço.

Entrei no hotel com uma expressão tão carrancuda que os atendentes tremeram. Não se atreveram nem mesmo a se entreolhar em minha presença. Atenderam com gentileza às minhas ordens, levaram-me para um quarto e providenciaram papel e tinta.

Hyde em perigo era uma criatura nova para mim. Abalado, agitado, extremamente irritadiço e cruel. Ainda assim, era astuto, controlava sua fúria com imensa força de vontade. Escreveu duas cartas importantes, uma para Lanyon e outra para Poole. Para ter certeza de que as cartas chegariam a seu destino, entregou-as na recepção com instruções para que fossem postadas com prioridade e registradas.

Depois disso, Hyde sentou-se no quarto do hotel o dia inteiro, diante do fogo, roendo as unhas. Pediu o jantar cedo em seus aposentos, notou a reação desconfiada do garçom. Fez a refeição num estado de meditação e apreensão. Quando finalmente a noite caiu, ele saiu, sentou-se no canto do assento de outra carruagem e ficou circulando pelas ruas da cidade.

Eu às vezes digo "ele" porque simplesmente não consigo dizer que eu fiz tais coisas. Aquela criatura do inferno não tinha nada de humano. Não havia nada dentro dele além de medo e ódio. Por fim, quando percebeu que o condutor estava começando a ficar desconfiado, desceu e prosseguiu a pé, vestido naquelas roupas folgadas além da conta, alvo da atenção dos transeuntes noturnos. Atormentado por aqueles dois sentimentos intensos, andou depressa, assombrado por seus medos, murmurando consigo mesmo, esgueirando-se pelos becos mais desertos, contando os minutos que faltavam para a meia-noite. Em dado momento, uma mulher se aproximou e falou com ele, querendo vender doces ou algo parecido. Ele deu uma bofetada no rosto dela, que fugiu aterrorizada.

Quando cheguei à casa de Lanyon, sua expressão de horror de meu velho amigo deixou-me muito abalado. Mas foi uma gota no oceano em comparação à repulsa que sofri nas horas seguintes. Uma mudança ocorrera em mim. Não era mais o medo da forca, era o horror de ser Hyde que me atormentava. Em parte, recebi a condenação de Lanyon como em um sonho.

Tarde da noite, voltei para casa e fui me deitar. Dormi após a tensão e prostração daquele dia, um sono tão profundo e pesado que nem mesmo os pesadelos que me torturavam foram capazes de interromper. Acordei de manhã abalado, enfraquecido, mas mais leve e renovado. Eu ainda abominava e temia a ideia do brutamontes que existia dentro de mim. Também não me esquecera dos perigos assustadores da véspera. Mas estava na minha casa, perto das drogas que eu mesmo inventara e que eram o alicerce de minha experiência. A gratidão brilhou com tanta força em minha alma que fui invadido por um incrível sentimento de esperança e tranquilidade.

Depois do café da manhã, fui caminhar no pátio, desfrutando o ar fresco e a beleza do céu azul. Novamente senti aquelas sensações que prenunciavam a mudança. Só tive tempo de correr para o escritório antes de me encontrar mais uma vez encolerizado e enfurecido sob os martírios de Hyde. Dessa vez precisei tomar duas doses da poção para voltar a ser Jekyll. Seis horas depois, enquanto eu olhava desanimado para o fogo na lareira, as dores voltaram e tive de tomar mais uma dose. E daquele dia em diante eu só conseguia manter a aparência e a personalidade de Jekyll tomando cada vez mais doses diárias da poção.

A qualquer momento vinha aquele tremor premonitório. Se eu dormisse, mesmo que um rápido cochilo em minha cadeira, era como Hyde que eu acordava. Sob a tensão e o desgaste dessa maldição contínua, com a falta de sono, eu me tornei, em minha identidade verdadeira, uma criatura febril, fraca de corpo e mente e assombrada por um único pensamento: o horror do meu outro eu.

Quando dormia, ou quando o efeito do remédio passava, eu entrava no corpo de Hyde quase sem transição, pois as dores da transformação estavam a cada dia mais fracas. Havia apenas pesadelos com imagens de terror. Os poderes de Hyde pareciam ter crescido com o enfraquecimento físico de Jekyll. E certamente o ódio que agora os dividia era igual de ambos os lados. Com Jekyll, era uma espécie de instinto vital. A essa altura ele já tinha visto a total deformidade daquela criatura que compartilhava com ele alguns dos fenômenos da consciência e era co-herdeiro da morte junto com ele. Além desses elos comuns, que constituíam por si só a parte mais triste de sua agonia, ele pensava em Hyde como algo não só diabólico, como também sem corpo material. Isso era o mais chocante de tudo: que o limo da cova parecesse emitir gritos e vozes; que o pó amorfo gesticulasse e pecasse; que o que estava morto e não tinha forma usurpasse a vida.

E também que aquele horror estava preso em si mesmo, engaiolado em seu corpo e alma. O ódio de Hyde por Jekyll era de outra natureza. O pavor da forca o levava continuamente a cometer uma espécie de suicídio temporário. Transformava-se em Jekyll, onde era apenas uma parte de alguém, em vez de uma pessoa. Mas assim se preservava. Ele abominava a necessidade, a prostração à qual Jekyll havia se entregado. Ele se ressentia da aversão que sentiam de sua pessoa. Daí as artimanhas, os embustes com os quais ele me pregava peças, rabiscando blasfêmias com a minha letra nas páginas de meus livros, queimando as cartas e destruindo o retrato de meu pai. Mas o amor dele pela vida é maravilhoso. Vou além: eu me sinto mal só de pensar nele, mas, sabendo como ele teme meu poder de acabar com ele por meio do suicídio, chego a sentir pena dessa criatura.

Ninguém nunca sofreu tantos tormentos, que isso fique claro. Minha punição poderia ter se prolongado por anos, não fosse esta última calamidade que se abatera sobre mim e que finalmente me separara de meu rosto, meu corpo e minha natureza.

Meu estoque do sal, que não havia sido renovado desde a data do primeiro experimento, começou a escassear. Mandei buscar mais e misturei a solução. A mistura efervesceu e mudou de cor apenas uma vez. Bebi assim mesmo, mas não fez efeito. Você saberá por intermédio de Poole que eu mandei esquadrinhar Londres inteira, em vão. E agora estou convencido de que meu primeiro suprimento era impuro, e que foi essa impureza desconhecida que tornou a poção tão eficaz.

Uma semana se passou, e estou agora terminando esta declaração sob a influência de meus derradeiros antigos poderes. Esta é, portanto, a última vez, a menos que aconteça um milagre, que Henry Jekyll pode pensar por si mesmo ou ver seu próprio rosto, agora tão tristemente alterado, no espelho. Não posso demorar muito para terminar esta carta. Se as agonias da transformação me assaltarem enquanto escrevo, Hyde irá rasgar este papel em pedacinhos. Se houver um lapso de tempo depois de eu concluir meu relato, este documento será poupado do seu ódio e de sua sede de vingança.

Daqui a meia hora, eu terei novamente e para sempre incorporado aquela odiosa personalidade. Sei que me sentarei, tremendo e chorando, tenso e assustado em minha cadeira, ou continuarei andando de um lado para outro nesta sala, meu último refúgio terreno, atento ao menor som ou sinal de ameaça. Hyde morrerá no cadafalso? Ou encontrará coragem para escapar no último momento? Só Deus sabe. Eu não me importo. Esta é a verdadeira hora da minha morte. O que vai acontecer daqui pra frente já não me interessa. Agora, portanto, enquanto coloco de lado a pena e selo minha confissão, ponho um ponto final na vida do infeliz Henry Jekyll.

Quem foi Robert Louis Stevenson

O autor Robert Louis Stevenson (originalmente Lewis) nasceu em Edimburgo, na Escócia, em 13 de novembro de 1850 e faleceu em 3 de dezembro de 1894. Foi um conhecido autor de romances, poeta e também autor de roteiros de viagem britânicos. Aqui no Brasil suas obras mais conhecidas são *A ilha do tesouro* e *O médico e o monstro*. Em 1880 casou-se com uma mulher norte--americana dez anos mais velha, Fanny Osbourne, em São Francisco, nos Estados Unidos. Voltou para a Inglaterra, onde residia anteriormente, com a esposa e um enteado. Sua saúde, entretanto, era frágil. No ano seguinte foi internado num sanatório na Suíça, para tratar de sua tuberculose, da qual sofria há anos.

Tornou-se famoso ao escrever, em 1886, *O estranho caso de Dr. Jekyll e Sr. Hyde* (*O médico e o monstro*), que, desde sua primeira publicação, nunca deixou de ser editado e traduzido em todo o mundo. Morreu prematuramente, aos 44 anos, nas Ilhas Samoa, onde passara a residir.

Deixou um legado literário importante. Esta obra tornou-se marcante na Literatura de todo o mundo. Das adaptações para o cinema, a mais famosa é de 1941 e foi dirigida por Victor Fleming, com o ator Spencer Tracy no papel principal.

Quem é Walcyr Carrasco

© ARQUIVO DO AUTOR

Walcyr Carrasco nasceu em 1951 em Bernardino de Campos, SP. Escritor, cronista, dramaturgo e roteirista, com diversos trabalhos premiados, formou-se na Escola de Comunicação e Artes de São Paulo e por muitos anos trabalhou como jornalista nos maiores veículos de comunicação de São Paulo, ao mesmo tempo que iniciava sua carreira de escritor na revista *Recreio*. Desde então, publicou mais de trinta livros infantojuvenis ao longo da carreira, entre eles, *O mistério da gruta*, *Asas do Joel*, *Irmão negro*, *A corrente da vida*, *Estrelas tortas* e *Vida de droga*. Fez também diversas traduções e adaptações de clássicos da literatura, como *A volta ao mundo em 80 dias*, de Júlio Verne, e *Os miseráveis*, de Victor Hugo, com o qual recebeu o selo de altamente recomendável pela Fundação Nacional do Livro Infantil e Juvenil. *Pequenos delitos, A senhora das velas* e *Anjo de quatro patas* são alguns de seus livros para adultos. Autor de novelas como *Xica da Silva, O cravo e a rosa, Chocolate com pimenta, Alma gêmea, Caras & Bocas, Amor à vida* e a adaptação para televisão do romance *Gabriela, cravo e canela*, de Jorge Amado, é também premiado dramaturgo — recebeu o Prêmio Shell de 2003 pela peça *Êxtase*. Em 2010 foi premiado pela União Brasileira dos Escritores pela tradução e adaptação de *A megera domada*, de William Shakespeare.

É cronista de revistas semanais e membro da Academia Paulista de Letras, onde recebeu o título de Imortal.